클래스

CLASS

진주

이음
희곡선
▲

일러두기

〈클래스〉(CLASS)는 두산아트센터의 2020년 두산아트랩 공모에 선정되어 집필한 대본이며
2021년 6월 두산아트센터 스페이스111에서 낭독되었다. 극작가 진주가 DAC Artist에
선정되어 2022년 10월 25일부터 11월 12일까지 두산아트센터 스페이스111에서
초연되었으며, 월간 〈한국연극〉의 '2022 공연 베스트 7'에 선정되었다. 이 출간본은 초연 공연
대본을 토대로 하며, 초연을 준비하며 드라마터그, 연출자 및 출연진과의 테이블 워크를 통해
수정 과정을 거쳤다.

작가소개 <big>진주</big>

1984년 출생. 〈배소고지 이야기-기억의 연못〉, 〈열녀를 위한 장례식〉,
〈정동구락부-손탁호텔의 사람들〉, 〈ANAK〉, 〈검은 늑대〉 등을 썼고
창작집단 글과무대에서 〈우리는 처음 만났거나 너무 오래 알았다〉, 〈이것은
실존과 생존과 이기에 대한 이야기〉등을 공동창작했다. 〈궁극의 맛〉(공동),
〈마음의 범죄〉 등을 각색했다. 희곡집 〈열녀를 위한 장례식〉, 〈사람들〉,
〈우리는 처음 만났거나 너무 오래 알았다〉, 〈이것은 실존과 생존과 이기에
대한 이야기〉 등이 있다.

기획·제작	두산아트센터
작	진주
연출	이인수
드라마터그	하워드 블래닝 Howard Blanning
출연	이주영 정새별
조연출	양수진
프로덕션 무대감독	김영주
무대디자인	박상봉
무대디자인 어시스턴트	김종은
무대전환	배병휘
무대제작	에스테이지(대표 이윤중)
제작팀장	정우상
제작팀	김세진 김용선 남기상 이승용 이종민 정병문 정우근 정재현 차승호
작화팀장	이남련
작화팀	신혜원 박윤경 박지원 조정숙
조명디자인	김성구
조명디자인 어시스턴트	지소연
조명크루	김민지 김은영 김형준 김형진 윤진선 정주연 조화영 홍주희
조명오퍼레이터	권서령
조명대여	파이어 라이트(대표 도진기)
음악·음향 디자인	이승호
음향오퍼레이터	양수진
의상 디자인·제작	옷장(대표 이윤진)
분장·소품 디자인	장경숙
분장팀	남혜연
소품팀	박진경 임민정
희곡 영문 번역·통역 코디네이터	김지혜
심리자문	장재키
그래픽디자인	박연주 전하은
영상기록·촬영	업플레이스(대표 오득영)
영상제작	박영민
사진기록	정회승(포스터, 프로필) 만나사진작업실(대표 김신중)(연습, 공연)
인쇄	으뜸프로세스

시간   2019년 봄에서 여름까지. 한 학기 동안의 수업.

공간   언덕 위의 한 예술대학.
             무대 위에는 서로 떨어진 두 개의 테이블과
             두 개의 의자가 마주 보고 있다.
             시간이 흘러간다는 것은 겉옷, 카디건 등을
             하나씩 벗어가면서 알아챌 수 있다.

등장인물   A 교수
              B 학생

작가노트

대화 중의 기호 '/'는 다음 대사가 시작되는 지점이라는 뜻이다.
극중극의 '언니'와 '나나'는 각각 A와 B가 맡는다.
인물 관계도는 부록3으로 수록했다.

프롤로그

도시 근교의 언덕 위에 위치한 예술대학의 한 건물.
어두운 5층 복도. 게시판 아래에 한 여학생의 사진과 포스트잇,
꽃들, 양초들. 게시판 복도의 형광등 하나가 깜빡, 깜빡인다.

B는 사진 앞에 꽃 한 송이를 내려놓는다.
A는 B를 지나쳐 가다가 멈춰서 그 모습을 지켜본다.
B는 A의 인기척을 느끼지도 못하고 게시판의 대자보를 본다.
A 역시 그 시선을 따라 대자보[1]를 읽는다.
그때, B의 핸드폰 알람이 울린다. A가 놀란다.
B는 놀란 A를 보고 더 놀란다. 그 모습에 A도 흠칫한다.

                          B

                    (놀라움 반 반가움 반)

                  안녕하세요.

      A

      (못 알아본 채, 고개만 끄덕. 지나가려 한다.)

      네.

                          B

                    (반대쪽을 가리키며)

                  저, 선생님, 507호는 저쪽인데요.

      A

      (가만히 보며)

      ….

                          B

                  어, 저 오늘부터 선생님 수업 듣거든요.

      A

      그래? 가자.

                          B

                  에?

A

(시계를 한 번 보고, 형광등을 한 번 보고, 대자보를 한 번 보고)

그럼 여기서 수업할까?

B

아뇨.

조명이 깜박, 깜박. A가 먼저 움직인다.

B가 가르쳐준 강의실로.

1장
첫 번째
수업

A와 B, 마주 보고 앉는다.

A

아까 그 알람은 뭐야?

        B

        네? 아, 제가 깜빡깜빡해서 수업 5분 전에
        알람 맞춰놓거든요. 예대는 작으니까
        5분 전에만 알면 지각 안 할 수 있어요.

A

그래, 언덕까지 올라오기가 힘들어서 그렇지,
이 안에만 있으면 있을 만하지. 예술 학교들은
왜 다 외진 데에 있을까?

B, 웃어야 할지 말아야 할지 몰라 눈만 끔뻑거린다.
A, 뭔가를 이끌어야 한다는 생각에 말을 꺼낸다.

A

꽃은 어디서 샀어?

        B

        네?

A

두 번 물어보게 하는 화법은 어디서 배웠을까?
나를 피곤하게 해서 빨리 수업을 끝내려는 거야, 아니면
자기한테 집중해달라는 신호야?

B

둘 다 아니에요, 죄송합니다.
너무 긴장했나 봐요. 선생님이랑 있어서.
저, 근데 뭐라고 하셨죠.

A

꽃. 이 근처에 꽃 살 데가 있어?

B

지하철 역사에서 샀어요.

A

친했어? 그 복도 사진 속에 있던 친구랑.

B

그냥….

A가 말없이 B를 본다.

B

가끔 기숙사 식당에서 오다가다…?

A

아, 그 친구도 기숙사에 있었구나?

B

연기나 연출하는 애들은 모여서
이것저것 하는데, 글 쓰는 애들은 다
각자 작업하니까요. 얼굴 볼 일이
별로 없어요.

A

그래, 아무래도 그런 경향이 좀 있지.

B

그리고 저랑 나이 차도 좀 나서요.

A

학부생들이랑 대학원생이랑 같이 뭘 할 일이 없긴 하지.
너도 원로 교수님 때문에 그 학생이 죽었다고 생각하니?
알바비 지급이 늦어져서 그랬다고 들었는데.

B

… 아뇨.

A. 약간 의아하게 B를 본다.

A

의외네. 다들 그렇게 생각하는 거 같았는데.
저 대자보 쓴 학생들도 그렇고.

B

딱 한 가지 이유만은 아니겠죠.
생활고 때문만은 아닐 거 같아요.
최근에, 다른 과에서도 몇 명 자살했다고
들었어요. 지금 살아남기 참 힘든 때인 거
같아요. 저희 또래한테….

A. 끄덕인다. 잠시 손목의 시계를 본다.

A

한 명이 더 와야 하는데 안 오네.

B

아, 그 학생, 교통사고 났대요.

A

뭐? 왜?

B

전동 킥보드 타다가….

A. 깊은 한숨을 내쉰다.

B

다 괜찮은데, 정강이뼈가 나가서
접합수술 해야 된대요. 그래서 휴학할
것 같다고 아까 조교님이 병원에서
전화해주셨어요.

A

그래서 조교가 없었구나.

B. 출석부가 든 봉투를 내민다.

B

그리고 이거.

A

(봉투를 열어보며)

출석부네? 이걸 네가 갖고 있어?

B

저 근장이거든요.

A

(B를 보며)

근, 뭐?

B

근로 장학생. 이거 선생님 갖다 드리면 된다 그래서….

A

(출석부 보다가)

그럼 이번 학기는 둘이서만 해야겠네?

B

(엄청나게 떨면서 기대하는 웃음)

네.

A

좋아?

B

솔직히 말하면, 너무 좋아요.

A. 약간 미간을 찌푸린다.

B

그 친구가 다친 게 좋다는 건 아니고요.

제 말은 제 인생에서 한 학기나 되는
시간을 제가 가장 좋아하는 작가님하고,

A. '가장 좋아하는 작가'라는 말에 눈을 살짝 치켜뜬다.

B

보낼 수 있다는 게 너무 실감이 안 나서….
이런 기회가 아니면 제가 어떻게 선생님을
독차지할 수 있겠어요.

A, 봉투에서 출석부를 꺼낸다.

B

선생님 책도 가져왔는데 이따 끝날 때
사인해 주시면 안 될까요?

A

나 팬 사인회 하러 온 거 아니야.

B

응원의 말 한 줄은 써주실 수 있잖아요.
'제자'한테요.

A

… 진심이야?

B가 가방 안에 가득한 A의 책들을 꺼내서 보여준다.

A

너 수업 때마다 교수들한테 다 이러니?

B

아니요? 저는 선생님 좋아해요.

A

나랑 일대일 수업하는 거 그렇게 좋진 않을 거야.
매주 3시간 동안 둘이서만 하는 거니까.
더 책임감 있게 해야 돼. 지각, 결석 안 되고,
무슨 일 있으면 바로 연락해야 하고.

B

그럼 선생님 번호 주시는 거예요?

A

(내키지는 않지만)

그래야겠지. 이름이 뭐니? (출석부 보고) 이세인?

B

아뇨, 그 아래요.

A

(보다가 뭔가 떠오른 듯)

아.

아. 니가. (출석부 다시 보고) 얘구나.

B

네. 제가 걔입니다.

A

(본다) 생각했던 거랑 많이 다르네.

(낮게) 일단. 여자였구나.

            B

            아, 이름 때문에요?

A

아니, 니 글 때문에.

            B

            아…! (상기되어)
            역시 읽으셨네요. 선생님께서 주로
            심사하시는 데는 계속 넣었어요.
            물론 다 떨어졌지만.

A

알고 넣었다고?

            B

            아, 다 알고 넣었다는 뜻은 아니고요,
            선생님께서 워낙에 심사위원으로
            활동을 많이 하시니까요.

A

돌려 까는 거야?

            B

            아뇨, 저는 그냥 선생님께서 한 번만
            읽어봐 주셨으면 했어요. 운이 좋으면
            심사평이라도 실릴까 해서요. 선생님,
            이번 학기부터 학교 수업 돌아오신다고
            해서, 얼마나 기뻤는데요. 저 졸업반이라고
            우선권 있어서 들어온 거예요.

A

졸업반?

> B
>
> 네, 이번에 해야 되거든요. 졸업 작품 딱
> 하나 남았어요.

A

이미 다 쓰지 않았어? 작품 많이 썼잖아.

> B
>
> 저는 이번 수업 시간에 쓴 걸로 제출하면
> 좋을 것 같아요. 선생님하고 쓴 작품 내고
> 싶거든요.

A

완성 못할 수도 있잖아.

> B
>
> 어…. 그건 안 될 것 같은데….

A

왜?

> B
>
> (우물쭈물)
>
> 내려가야 될 것 같아요. 지방에.

A

부모님이 내려오라셔?
가업 같은 거라도 이으러 가니?

> B
>
> (힘없이 웃는다)
>
> 아뇨?

A, B의 대답을 기다리지만 B는 말이 없다.

A

(보다가)

뭐 각자 사정은 있는 법이니까.
일단은 수업에 대한 열정도 있고,
졸업해야 할 이유도 있다니까,
쓰기만 하면 되겠네.
뭐 쓰고 싶니. 혹시 준비해온 거 있어?

B

(당황)

오리엔테이션하고 끝날 줄 알고, 출력은
안 해왔는데…. (눈치보다) 말로 해도 돼요?

A

말해.

2장
희생제

B는 설레면서도 기대에 찬 느낌이다.
중간 중간 A의 눈치를 살피기도 하지만 어느 순간 자신의
이야기에 빠져든다. A는 B의 말을 끊지 않고 들으며,
B를 관찰한다. B는 자신의 물건을 활용하여 인물들을 설명한다.

                    B

                    음…. 시간은 현대지만 가상 사회예요.
                    지금 사회처럼 혐오와 분노로 가득
                    차 있죠. 처음에는 그 분노의 표출 대상이
                    길냥이하고 떠돌이 개들이었어요.

                    그다음에는 아이들, 여자, 노인들이
                    됐고요. 그다음에는 성인 남성들까지도
                    묻지마 살인의 대상이 됐어요. 살인이
                    난무하는 사회가 된 거죠.

                    정부는 사람들이 가진 분노, 스트레스,
                    혐오를 효과적으로 관리할 제도가
                    필요하다고 생각하게 됐어요. 예를 들면,
                    올림픽처럼 4년에 하루, 사냥 대회? 아니,
                    살인 대회를 열게 됐어요. 그날은 사람을
                    죽여도 아무도 죄를 묻지 않아요.

A

카니발이네.

                    B

                    네, 맞아요. 살인은 정해진 공간 안에서만
                    이루어져요. 제물로 뽑힌 사람은 어떻게

죽여도 돼요. 그리고 사체를 훼손해도
상관없는 거죠. 그 대회에서 최후까지
살아남은 제물 한 사람은 살려준다고
했지만, 그 최후의 1인이 되기 위해서는
결국 희생 제물끼리도 서로를 죽여야 하는
거죠. 그러니까 실제로 살아남는 사람은
아무도 없어요.

A는 소재의 심각성에 비해 흥분해서 이야기에 빠져있는
B의 태도가 거슬린다. A는 B를 관찰한다.

    B

물론 처음에는 사형수들을 희생 제물로
삼아야 한다고들 했지만, 범죄자에 대한
사적 복수의 문제도 있고, 일반 시민들이
그들한테 살해될 가능성도 있었기 때문에,
정반대의 접근을 하게 됐어요. 죄 없는
희생양을 찾기로 한 거예요. 우리 사회를
위해 희생해줄 사람. (A의 반응을 잠시 살피고)

희생양으로 선정된다는 건, 그 사람이
죄 없고 고결한 사람이라는 걸 사회적으로
인정받는 거예요. 명예의 전당에 오르게
되고, 희생양의 유족들은 국가의 지원을
받아서 평생 먹고살 수 있고, 명예가 되는
거죠. 사람들은 빠르게 적응해갔어요.[2]

A

좋아. 배경은 거기까지. 인물에 대해서 이야기해보자.
등장인물은 누구야?

　　　　B

　　　　희생양으로 선정된 대상자, 대상자의
　　　　사촌 동생, 그리고 조사원 같아요.

A

3명. 이게 뭐에 대한 이야기인지
한 문장으로 말해볼 수 있겠어?

　　　　B

　　　　음⋯. 음⋯. 이건
　　　　복수에 대한 이야기 같아요.

A

모호해. 그리고 그 "같아요" 좀 빼고 말해.

　　　　B

　　　　네.

A

복수의 어떤 부분에 대해 얘기하고 싶어?
예를 들면, 햄릿처럼, "복수는 모든 것을 파괴한다."
한 문장 안에 '갈등'과 '결과'가 드러날 수 있게.[3]
아직 잘 모르겠으면, 질문 형태도 괜찮아.

　　　　B

　　　　진정한 복수는 사회적인 살인인가,
　　　　물리적인 살인인가. 아니면⋯.
　　　　진실은 언제나 밝혀져야 되는 것인가?

내가 고통스럽고 내가 원하지 않는 결과를
초래한다고 해도.

A

두 가지 질문이네. 둘 다 전혀 다르구.
(잠시 메모하다가) 이야기는 어떻게 시작해?

B

어….

A

가장 중요한 것만 말해봐.
누가, 언제, 무엇을, 어떻게.

B

어떤 사람이 희생양의 면접 대상자가
됐어요. 대면 조사를 하러 조사원이
찾아오기로 한 날이에요. 그런데
그때 대상자의 사촌 동생이 방문해요.
보험판매원이거든요. 그래서 이 세 사람이
차를 마시면서 벌어지는 상황에 대한
이야기예요.

A

(고개를 끄덕이며)
가장 핵심적인 갈등은 뭐야?

B

말을 할 것이냐 말 것이냐…?

A

말을 할지 말지 갈등하는 건 누군데?

B

사촌 동생이요. 어릴 때, 대상자와
사촌 동생 사이에 모종의 사건이
있었어요. 둘만 아는. 이 사건에 대해서
사촌 동생이 조사원에게 말하게 되면,
그건 명백한 죄이기 때문에, 이 사람은
대상자에서 탈락해요. 하지만 살게 되는
거죠. 그런데 사촌 동생이 죄를 증언하지
않으면, 이 사람은 무사히 희생제물이
돼서 죽게 돼요. 심지어 사촌 동생도
이 사람을 죽이는 데 동참할 수 있게 돼요.
갈가리 찢어 죽일 수 있는 거죠.
칼, 가위, 톱… 뭘 써도 돼요, 시신을
어떻게 훼손해도 돼요. 피부, 장기, 뼈
할 것 없이/

A

그 부분은 넘어가자.

B

아, 네.

아무튼 사촌 동생이 죄에 대해서 증언하지
않으면, 그 사람은 명예의 전당에 영원히
'흠 없는 사람'으로 올라가는 거예요,
그 가족들은 안정을 얻구요. 그래서
이 두 가지 사이에서 사촌 동생이
갈등하는 이야기예요. 피해자가 가해자의
목숨을 빼앗을 기회가 왔을 때, 목숨을
빼앗는 것이 진짜 복수일까 아니면

그 사람을 사회적으로 매장시키는 게
복수일까.

B는 먼 곳을 응시하고 있다.

A

살인 올림픽이라니. 왜 이런 걸 생각했어?

B

아….

A

좀 진부해. 이거랑 유사한 배경의 영화나 소설이
많이 있어. 알고 있니?

B

아뇨, 몰랐어요.

A

복수의 기회가 온다면 어떤 살인을 할 것인가.
기본 전제 자체가 '살인'이잖아. 어떻게 공감해야 될지
모르겠어. 너무 먼 이야기처럼 들려.

B

그래요…?

A

(한숨)

과거에 있었던 그 모종의 사건이란 건 뭐야?
그게 중요할 것 같은데?

                    B

          (한참 망설이다가)

          성폭행이요.

A

(한숨)

왜 성폭행이야?

긴 사이.

A가 손톱 끝으로 테이블을 톡톡 친다. 초침 소리 같다.

B가 참지 못하고.

                    B

          이건 동성 성폭행이에요.

A

(의아해하며)

동성 성폭행? 아니, 왜?

                    B

          …모르겠어요.

A

너 말하면서 생각하는 스타일이니?

                    B

          아니요.

A

하필이면 왜 동성 성폭행이야?

소재를 선택할 때는 신중해야 해.
어떤 것들은 언급하는 것만으로도 사람을
자극할 수 있거든. 천박한 상상력을 자극할 수 있어.
'동성 성폭행'이라고 하면, 사람들은 호기심을
보일 거야. 근데 네가 생각한 방향대로
흘러가지 않을 수 있어. 실제 당사자들을 생각한다면
더 신중해야 해.

관객이 이 이야기에서 무엇에
몰입해야 한다고 생각하니.
살인 올림픽이 중요한 것 같진 않아.

           B

           네.

A

살인, 성폭행 이런 것들에
집착하는 이유가 있어?

           B

           집착한 적 없는/

A

니가 쓴 다른 글들에 항상 나오잖아.

           B

           그건/

A

알아, 너는 넷플릭스 세대고, 그게
자연스러운 걸 수도 있어.
폭력, 죽음 다 상업화된 지 오래됐으니까.

요즘 수업하면 애들이 마약, 연쇄살인마, 좀비….
그런 얘기를 진짜 많이 써. 다 똑같아.
합평회 하면 서로 그게 또 재밌대.

B

재밌을 거 같아서 쓰는 거 아니에요.

A

그럼 진짜 이유가 뭐야.

B는 천천히 생각한다. A는 B를 보며 가만히 있는 모습이
고집스럽다고 느낀다. B는 쉽게 입을 열지 않는다. 팽팽한 긴장.

B

가끔은 아주 특수한 게 전체를
보여줄 수 있는 거 같아요. 보편적인 걸
말하면, 소외되는 것들이 꼭 생겨요.
아주 특수한 걸 얘기하면, 그것까지
포함한 전체를 말할 수 있는 것 같…
말할 수 있어요.

A

그래서 '동성 성폭행'이다?
성폭행 전체를 보여주려고?

B

저는 성폭력이 권력과 관련되어 있다고
생각해요. 위계 폭력인 거죠.
성별이나 성적인 쾌락이 가장 중요한 건

아닌 거 같아요. 성폭력을 휘두르면서
자기가 우위에 있다는 걸 과시하는
거잖아요. 그걸로 자기 존재를
드러내려는 거니까.

동성 성폭행도 똑같은 구조예요.
적지 않게 일어나거든요. 근데 다들
그 문제는 말 안 하려고 해요.
그것만 해도 충분히 말할 만한 가치가
있다고 생각해요.

A

그래. 그런데 내가 묻는 건 그게 아니야.
이 소재를 다루는 게 사회적으로 어떤 가치가
있는지를 묻는 게 아니야. 나는 도덕 선생이 아니거든.
이 문제를 '왜' 다루려고 하냐는 거야. 그게 니 마음속에
뭘 건드리고 있어서 이걸 쓰려는 건지 알고 있어?

B, 한참 동안 침묵에 빠진다.

B

(버티다가, 괴로운 얼굴로)

이건/

A

(자르며)

나한테 억지로 설명 안 해도 돼.

그런데 너는 알아야지. 정확하게 니가 왜
그걸 쓰길 원하는지. 네 속에서 지금 뭐가
일어나고 있는지. 그게 이기심인지, 명예욕인지,
잘 들여다봐야 한다고. 휩쓸리는 건 순간이거든.
이야기를 이용하는 사람들이 있어.
그게 너라는 건 아닌데,

B는 고개를 푹 숙인다.
A가 B를 보려 고개를 좌우로 숙여 보지만, B는 미동도 하지
않는다. 그 모습은 대화를 거부하는 태도로 읽힌다.

A

고개 좀 들지?

B는 A를 볼 수 없다. 고개를 숙인 채로 젓는다.

A

너 울어?

B, 더 세게 고개를 젓는다.

A

(깊은 한숨)

오늘은 여기까지 하자. 너도 생각할 시간이
필요한 거 같고. 진짜 이유를 다음 주까지 찾아오든지,

아님 만들어오든지.

        B

        좋아하실 줄 알았어요.

A

내가 이걸 좋아할 거라고 생각했어?

        B

        선생님도 항상 그런 소재를 쓰시니까….
        선생님처럼 쓰고 싶었어요.

A

어떤 폭력이나 잔혹성 자체가 내 목표라고
생각한 거면 너 잘못 읽었어. 그걸 통해서만
갈 수 있는 심연에 관객을 데려가려는 거야.
너 지금 내 탓 하는 거니?

        B

        아뇨, 선생님이 뭔가 알아봐 주실 거라고
        생각했어요.

A

니가 이걸 쓰려고 용기를 냈다는 건 알겠어. 그런데
사람들이 진실을 보게 하진 못할 것 같아. 이 개인적인
이야기의 어디에 관객의 자리가 있는지 모르겠어.

'개인적인 이야기'라는 말에 움찔하는 B.

A

나는 너를 공격하려고 여기 있는 게 아니라
네가 네 목소리를 낼 수 있도록 도우려고
여기 있는 거야. 그런데 나한테까지 '무언가'로
보이려고 흉내 내고, 꾸며내고 그런다면
무슨 의미가 있을까?

좀 더 너다운 게 뭔지 찾아봐. 거칠어도 좋으니까.
너희 세대만이 볼 수 있는 어떤 진실 같은 거.
진짜 네가 말하고 싶은 걸 찾아봐. 일주일 동안.

조명이 느리게 깜빡이기 시작한다.
A는 B를 남겨두고 먼저 떠난다. 혼자 남은 B.

B

저는 이미 저다운데요….

조명이 깜빡, 깜박.

3장
두 번째
수업

1주 후. B는 복도에 서 있다.
들고 있던 상자 안에 죽은 친구의 사진, 꽃다발과 포스트잇,
양초 등을 담는다. 상자 위에 친구의 액자가 놓인다.
B는 상자를 들고 강의실에 와서 앉고, A가 들어온다.

　A

　수강취소 안 했네?

　　　B

　　　솔직히 말하면, 생각 안 해본 건 아닌데요.
　　　아직 못 받은 것도 있고….

B, 주섬주섬 책을 꺼낸다.

　A
　(웃는)

　가져 와. 해줄게.

A, B의 책에 사인해준다.

　　　B

　　　"진실을 말하라, 그러나 우회적으로 하라.
　　　진실은 점차적으로 눈부시게 말해야 한다.
　　　그렇지 않으면 모든 인간은 눈이 먼다.
　　　에밀리 디킨슨." [4]

A

왜, 맘에 안 들어? 내가 좋아하는 구절인데.

　　　B

　　　선생님은 그렇게 안 쓰시잖아요.
　　　우회적으로.

A

좀 솔직해지기로 한 거야?
너는 나를 무서워하는 거니, 안 무서워하는 거니.

　　　B

　　　좋아하죠. 선생님이 악에 관해서
　　　쓰시는 게 너무 좋아요. 그 이야기를 보고
　　　있으면요, 차라리 내 눈이 멀어버렸으면!
　　　그런 마음이 들 때가 있거든요.

A

그게 왜 좋아? 멋있어 보여?

　　　B

　　　악에 대해서 말하는 건
　　　용기가 필요하잖아요.

A

우리 세대한테는 그게 당연한 거였어.
특별한 게 아냐. 나 때는 억압하고 통제하는 권력에
대항하는 시절이었고. 그건 너무 거대하고 압도적이어서
누구나 '악'이라고 할 수밖에 없었어.

B

그 한가운데 계셨잖아요. 운동권에
계시다가, 보좌관도 하시구.
보좌관 출신 작가는 많지 않잖아요.
진짜 대단하신 거 같아요.

A

나 그런데 그렇게 직접적으로 쓰진 않았어.
그거 다 비유였어.

B

직접적이면서도 은유적이었죠.
왜 작가가 되겠다고 생각하셨어요?
정치권에 더 안 계시구.

A

드러워서.

둘 다 웃는다.

A

너는 왜 작가가 돼야겠다고 생각했는데?

B

"무용하고 아름다워서"요.

A

뻥치지 말고.

B

쓰레기통이 필요해서…?

A

쓰레기를 쓰려고 작가가 됐어?

B

선생님 왜 희곡 쪽으로 오셨어요?
소설로 등단하셨잖아요.

A

실체가 생기는 느낌이 좋아서? 그리고
보좌관으로 일할 때, 대본 같은 걸 쓸 때가
은근히 많았어. 그러다 '저들'하고 싸우다 죽든
과로로 죽든, 금방 죽을 것 같아서 나왔지.

B

궁금해요. '다 같이' 싸운다는 거.
제가 태어나기 전에 있었던 일들이니까
영원히 알 수 없겠죠. 지금은 다들 '절대
악' 이런 거는 드라마 속에만 있다고
믿으니까요. 그런데 저는 악이 항상
있다고 생각하거든요. 아주 평범한 얼굴로,
자기가 악을 행하고 있는지도 모르고요.
요샌 다들 그저 입장 차이다, 이해관계의
차이다, 다 상대적인 거다 그러잖아요.
그런데도 선생님은 사회구조의 악함에
대해서 계속 쓰시는 게 인상적이었어요.
이 사회 체계가 가진 문제점을
포착하셨잖아요. 악을 부추기는 사회.

A

개인에게만 책임을 돌리는 사회는 비겁하지.

　　　　B

　　　　그런데, 그 구조만 미워하면
　　　　잘못된 행위를 한 사람은 어디로 가요?
　　　　그 사람은 뭘 감당해요? 우리는
　　　　그 구조만 미워하면 되나요?

B, 책상 옆에 놓인 친구의 사진을 본다.
A도 B의 시선을 따라 사진을 본다.

　　　　B

　　　　(다시 A를 향해)

　　　　아무튼 선생님이 쓰시는 글이 좋아요.
　　　　악에 대해서 깊이 천착하는 그 지점이요.
　　　　"천사의 얼굴로 악마의 글을 쓰는 극작가!"

A

뭐?

　　　　B

　　　　어떤 기자가 쌤 인터뷰 타이틀로 썼는데,
　　　　너무 잘 어울리지 않아요? 멋있어…!

A

어후, 수업 전에 이렇게 내 비위를 맞추면
덜 혼날 것 같아?

B

아뇨. 선생님 그런 분 아니신 건 알겠어요.

A

오늘은 뭔가 생각을 정리했나 보네.
조잘조잘하는 거 보니까.

B, 인쇄물을 내민다.

A

(넘겨 보다가)
이면지네?

B

이면지요? 죄송해요!

A

이거 니 블로그야?

B

네? 블로그요? 제 블로그요?
(A 옆으로 가서 본다) 제 건 아니고요,
뭐 좀 찾아보다가 잘못 눌러서
인쇄 됐나봐요. 아무것도 아니에요.

A

우리 과 학생 거야?

B

(사이) 저 친구 블로그인데요.
(손가락으로 액자를 가리킨다)

두 사람, 잠시 액자를 바라본다.

A

별로 안 친한 게 아니네.

      B

      (액자 보며)

      아, 이건요, 조교님이 걸어오라고
      시키셔서요. 제가 집에 가져갈 건
      아니에요.

A

이 친구가 블로그를 했구나….
뭘 찾는지는 모르겠는데, 거기서 뭐 나오면,
나한테도 얘기 좀 해줘.

      B

      왜요?

A

그 친구 내가 원로 교수님께 연결해줬거든.
그 소설 받아쓰는 아르바이트.

      B

      그때 선생님 외국에 계시지 않았어요?

A

응, 그래서 내가 알바 할 학생 찾아드린 거야.
아니었으면 내가 직접 도와드렸을 텐데.

      B

      아…. 네.

A

(다시 앞 장을 보며)

볼까?

       B

       네.

A

시놉시스도 아니고,

대본도 아니고, 이게 뭘까.

       B

       어…. 요즘 제가 하고 싶은 말이 뭘까

       고민을 진짜 많이 했는데요.

       머릿속이 좀 정리가 안 돼서….

A

공모전도 된 선수가 왜 이럴까.

기분이 좀 나빠지려고 그러네.

       B

       아뇨, 쌤, 그런 게 절대 아니고요,

       쌤도 제가 진짜를 쓰기를 원한다고

       하셨잖아요. 진짜 많이 생각을 해봤는데….

       정리가 안됐는데 정리를 하려니까

       정리가 안돼서 정리가 안 된 채로 그냥

       가져와야 될 것 같아서요. 정리를 할수록

       더 가짜 같아져서/

A

일단 보자. 고독한 케이크방, 이게 제목이야?

케이크를 만드는 사람, 배달을 도와주는 사람,

케이크를 받는 사람. 인물은 셋이고.

B

네, 유튜버가 주인공이에요.
케이크를 만드는 영상을 찍고,
그 케이크를 부숴버리는 영상으로
유명해졌어요. 그런데 말을 안 하거든요.
그래서 그 유튜브 채널 이름이 '고독한
케이크방'이에요.

A

케이크 만드는 사람이랑,
케이크 받는 사람이 사촌이네?

B

네.

A

이거 지난주에 했던 거에 직업만 바뀐 거 아니야?
그 동성 성폭행 얘기.

B

쪼끔 다르긴 한데….

A

양은 많은데, 대사들이 다 조각조각 났다?

B

그게, 잘 안되더라고요.

A

왜.

B

대사를 쓰는 게, 마음이,
너무 힘들어서요.

A

어쨌든 이 대사들이 핵심이라는 거지?

B

네, 맨 앞이 피해자인 동생 대사인데요.

A

산딸기. 여기?

B

네.

A

"산딸기 필링에 너의 피를 갈아 넣어서
네 장례식 때 니 가족들 앞에서 나눠 먹는 꿈을
꾼 적도 있어. 상상 속에서 몇 번이나 연습한 적도
있었어.

아냐, 복수를 잊었던 적도 있었어, 거기에 매달려
내 인생을 보내기엔 내 인생이 너무 안타깝고 아름답고
소중한 것이라고 생각한 적도 있었어. 하지만, 네가
무너지는 모습 하나 보지 못한다면, 내 인생은 또 무슨
의미가 있는 거지?

왜 너는 멀쩡한 거야? 어떻게 그렇게 멀쩡한 얼굴로
나를 들여다볼 수 있는 거야? 내가 망가진 건 니가
나한테 손을 댄 순간이었을까, 아니면 니가 나한테
손을 뗀 순간이었을까. 그때 니가 망친 건, 내가 가진
모든 시간이야. 앞으로 펼쳐질 모든 시간을 포함해서,
너는 내 시계를 망가뜨렸어. 내 시계는 가지 않아.

잔인한 영화들을 볼 때마다 너를 생각했어.
내가 너를 그렇게 고문할 수도 있지 않을까.
근데 영화에서는 고문당하는 사람들의 얼굴만 보여줘.
이상하게 나는 그 얼굴이 내 얼굴 같았어. 아무리
상상해도 그 고통당하는 사람들의 얼굴이 니 얼굴로
변하지는 않았어. 그 모든 일은 어둠 속에서 일어났는데
왜 고통당하는 내 얼굴만 남았을까."

A. 페이지를 여러 장 넘긴다.

A

대사는 많은데, 비슷한 게 반복된다.
원망, 복수심. 그런데 그 말들이 방향이 없어.
사건도, 행동도 포함이 안 되어 있어. 이 인물이
뭘 원하는지는 모르겠어.

　　　　　　B

　　　　근데, 지금은, 이렇게밖에 못 쓰겠어요.

A

폭력은 나쁘지. 잔혹해. 영혼을 파괴해. 그건
누구나 알고 있는 진실이야. 고통 속에 잠겨있는
피해자를 보여주려면, 육성 자료를 틀어주는 게 나아.

　　　　　　B

　　　　죄송합니다.

A

극의 주제나 전체 구조가 아직 정리가 안 됐는데,
작가가 한 인물의 입장만 쓰다 보면 어떻게 될까.
전체를 볼 힘이 약해지고, 이야기가 기울어지지.
극 전체가 한 인물을 위한 해설이 되는 거야.
소설이면 상관이 없지. 그런데 이건 희곡이고,
연극이잖아? 우리는 갈등을 통해서 이야기해. 연극엔
갈등이 필요해. 1인극 쓰려는 거 아니잖아. 왜 이런
기초적인 데에서 헤매고 있을까?

B

죄송합니다. 다시 써오겠습니다.

A

죄송할 일은 아니야. 모르겠다, 죄송하다, 이런 말은
대화를 차단하는 거야. 안 듣겠다는 것처럼 들려.
이 작품의 작가는 너야, 니가 니 이야기를 좀 책임지려고
했으면 좋겠어.

B

저 사실 지금 누구를 위해서 쓰는지
모르겠어요. 선생님도 〈아버지의 노래〉[5]
발표하고, 인터뷰에서 그러셨잖아요.
"그때는 그냥 살기 위해서 썼다.
나는 나를 위해 썼다."

A

그거 썼던 거 두고두고 후회해.
자위 같은 거였어.

B

그때로 돌아가도 또 쓰실 거잖아요.

A

적어도 120분 동안 작가의 자기연민을 무대 위에
보여줄 필요는 없다는 얘기야. 그래도 그 얘기를 하고
싶다면, 다른 사람과 수월하게 나눌 수 있도록 적절한
통로를 만들어야지. 적어도 뭐라고 하는지는 들리게
해야 할 거 아니야.

B

뭘 들리게 해요?

A

어차피 세상은 망하고 사람도 죽고 연극은 끝나지만,
극장 떠날 때 사람들에게 남아야 할 마지막 목소리는
작가의 절규가 아니라 인물의 마음 아니겠니.

조명이 깜빡, 깜빡.

4장
복수극

2주 후. A. 페이지를 넘겨보고 있다.
위축된 B와 싸늘한 A의 깊은 한숨.

A

"그들이 말했어. 나는 웃음소리를 내면 안 된대.
행복해하면 안 된대.

자기들과 같은 것을 먹으면 안 되고,
자기들보다 조금 덜 행복하고

조금 덜 맛있는 걸 먹어야 한대.
조금 더 불행한 얼굴로 서 있어야 한대."

이것도 복수극이네?

                    B
                    네….

A

그런데 이번에는 왜 또 걸인이야.

                    B
                    그게 문제가 되나요…?

A

아니, 어떤 문제에 대해서 좀 더 고민해보자고 한 거지,
버리라고 한 게 아니야. 한두 마디 들었다고 그걸 확
내버리고 또 새로 가져오고 이러니까 몇 주째 진전이
없잖아. 살인 올림픽에 케이크에, 오늘은 또 걸인의

연쇄 살인이야? 왜 그러는 거야. 너 무슨 문제 있니.
졸업한다며? 안 쓸 거야?

> B
>
> 제가 어떻게 고집을 부려요.
> 쌤 말씀이 구구절절 다 맞는데.
> 거기에 맞게 수정할 수가 없었어요.

A

너를 어쩌면 좋니. 이러다 마지막 주까지 그냥 반복만
하겠다? 너 무슨 얘기가 하고 싶은 건데.

> B
>
> 사실, 저한테는 그 이야기들이
> 전부 다 같은 거거든요.

A

뭐가 같은데. 복수한다는 거?

> B
>
> 아뇨…. 약자한테 사람들이
> 뭔가를 요구한다는 거요.

A

뭘 요구하는데?

> B
>
> 침묵이요.

A는 B와 B의 글을 잠깐 보다가, 돌려준다.

A

맥주 한 잔 마실래?

B, 흠칫 놀란다.

A

왜. 술 싫어해?

B, 가방에서 맥주를 보여준다.

B

어떻게 아셨어요?

A, 흠칫 놀란다.

B

아까 편의점 갔는데요.
수입 맥주 만원에 여섯 캔이더라고요.

A

진짜? 여섯 개면 못 참지. 테라스로 갈까?

조명 깜빡, 깜빡.

어둡다. 테라스에 나란히 걸터앉는 두 사람.
테이블 위에 핸드폰 조명과 물통으로 조명을 만드는 B.
A가 신기한 듯 B를 본다.

B

강의실 아닌 데서 선생님이랑 있으니까
이상해요.

A, 담배를 문다. B. 맥주를 마신다.

B

여긴 별이 잘 보여서 좋아요.
좀 음습하긴 하지만.

A

학교가 산골짝에 있는 게 좋은 점도 있네.
이번에 꼭 졸업해야 하는 이유가 있어?

B

이제 기숙사에서 나가면 지낼 곳이
없거든요. 지금까지는 장학금으로
버텼는데, 이만큼 버틴 것도 감사하죠.

A

지방 간다며. 본가 가는 거 아니었어?

B

이모한테 염치가 없어서요.

이모 곧 결혼하거든요.

A

부모님은?

(보다가) 전업 작가가 될 생각은 없어? 여기 남아서.

          B

          선생님, 극작가로만 어떻게 먹고 살아요.
          저 같은, 듣보잡이.

A

상도 받았잖아. 왜, 선수잖아.

          B

          지금 매주 과제도 못해가는 신세인데요?
          저 뽑혔던 공모전 있잖아요.
          그거 없어졌어요. (웃는다)
          여긴 집값이 감당이 안 되니까,
          내려가서 돈 벌어야죠.

A

의외야. 취미로 글 쓰는 줄 알았는데.
한량인 줄 알았더니?

          B

          아닌데요. 저 어마어마한 흙수저인데.
          겉으로는 아무것도 알 수가 없죠.
          신도시는 다 매립되어 있잖아요.
          전선, 쓰레기 통로 이런 게 다 지하로
          연결되어서 위로는 안 보이니까 뭐가

어떻게 어디로 가는지 알 수가 없는
거예요. 더러운 거, 지저분한 거는
감춰지니까 그럴싸해 보이죠. 세트장처럼.

A

아니, 너는 정반대야. 뚝딱거리고 고장 나는 게 보이거든.

B

티 나요? 흠 안 잡히려고
엄청 노력하는데….

A

너 보면 숨 막혀.

B

죄송합니다.

A

너랑 얘기하고 있으면 내가 뭘 잘못한 거 같아.
내가 나쁜 사람처럼 느껴져. 진짜 별로야. 너 약간 무해한
사람인 척하면서 기본 스탠스가 되게 저자세야. '나를
업신여겨도 나는 괜찮아요' 이런 느낌이랄까.
그렇다고 진짜 굽신거리는 것도 아니고, 말도 오지게
안 들어. 인정받고 싶어 하는데 되게 공격적이거든.
그런 것들이 부딪히는데 아닌 척해. 보는 사람 괴로워.

B

예? (웃는다) 그럴 리가요.

A

숨 좀 쉬면서 살아. (숨 쉰다)

B가 A를 따라 깊게 숨을 쉰다. 온몸이 떨린다.
경직되어 있던 어깨가 조금 풀어진다.
A가 가만히 본다.

　　　　　　　　B

　　　　　　　저 그래서 지금까지 공모전
　　　　　　　떨어진 건가요?

A

너 지금까지 뭘 들은 거니?

　　　　　　　　B

　　　　　　　한번은 여쭤보고 싶었어요.
　　　　　　　결정적인 순간에 저한테 부족한 거요.

A

잘 쓴 거 같은데 처음을 보면 끝이 빤히 보이는 글이
있어. 정답만 말할 것 같은 느낌이랄까. 그래서 니가 고생
안 해본 느낌이라고 생각했는지도 모르겠다. (보다가)
좀 위험한 글을 써봐. 뭔가 일어날 것 같은, 관객이
생각을 해야만 할 것 같은 그런 걸 써. 니 안에 있는
그 틀들을 좀 깨도 돼.

연애는 좀 했니?

　　　　　　　　B

　　　　　　　….

A

성희롱 아니야. 연애해 보기 전에, 출산하기 전에,
나 지금하고 완전 다른 사람이었어. 결혼도, 출산도

원하지 않았거든. 원하지 않은 변화들이 나한테 온 거야.
나 준비도 안 됐는데. 처음으로 나를 관통해서 다른
인간이 세상에 나온 거지. 누군가와 연결되고 분리되는
경험이 내가 세상을 보는 방식을 바꾸더라. 틀을 깨도
죽지 않아. 절대로. 변화가 찾아와도 세상 끝나지 않더라.
그거 니가 만든 규칙이지, 세상이 만든 규칙 아니야.

이게 수업인지 상담인지.
나는 그냥 니 글이 진실을 담았으면 좋겠어.

말해봐. 요새 제일 많이 생각하는 게 뭐니.

> B
>
> 선생님, 미투가 세상을 바꿀까요?

A
지금 글 쓰는 거 얘기하는 중이었거든?

> B
>
> 증언이 계속 올라오고, 기사도
> 매일 올라오고. SNS에서는
> 서로 저격하고….
> 요샌 연극이 뭐지 싶고 그래요.

A
환멸 나는 것들은 언제 어느 때나 있었어.

> B
>
> 그땐 연극이 저항이었던 시절이었잖아요.
> 그런데 밖으로는 그렇게 싸우면서,
> 자기들만의 작은 왕국을 만들고,
> 거기서 작은 신이 돼서 어떤 사람들을

다 부숴버렸어요. 가해자들은
승승장구하고….

A

그때는 크기를 나눴던 거야. 순위를 나눴던 거고.
더 중요하고, 더 급한 일들이 있었기 때문에, 어떤 폭력은
감춰지고, 용인됐지. (A는 먼 곳을 보며 무언가를 떠올린다)
삶을 위한 것이, 삶을 파괴했지….

B

요새 뭘 잘 못하겠어요. 글은 써서 뭐하나
싶구…. 수업 시간에 얘기 안 하시길래,
궁금했어요.

A

매일매일 말들이 맞물리고 어긋나고 기억은 다 다른데
이해관계가 얽혀있고, 엉망진창이지. 분명한 건
성 착취나 추행이 있었다는 거야. (생각에 잠긴다)
관례, 관습이라고 하거나 낭만, 사랑 그렇게 포장하던
시기가 있었어. 근데 그게 폭력인 줄 몰랐다고 해서
폭력이 아닌 게 되겠어?

B

제가 아는 사람들 사이에서도 미투가
터졌어요. 전 몰랐어요. 이젠 제가 가진
기억들이 진짜였는지 의심스러워요.
선생님도 기사나 SNS 보면 마음이
복잡해지지 않으세요? 선생님은 오래
활동하셨으니까 더….

A

그치, 많은 일들이… 있었지.

B

그 고통을 겪었던 사람들 글을 보고
있으면요. 그게 너무 미칠 것 같아서,
다른 이야기를 만들어 낼 여유가 저한테
없는 거 같아요.

A. 담배꽁초를 털어내며, 개인 재떨이에 넣는다.

A

써.

B

…네?

A

케이크 얘기 쓰라고. 뭐 어떡해? 그것 말고는
못 쓰겠다는데. 걸인하고 살인 올림픽보단 나을 것 같다.

나는 영감을 믿지는 않지만, 타이밍은 믿어,
모든 일에는 때가 있는 거지. 원로 교수님이 내가
너만 할 때 해주신 말씀이 있거든?
"너의 '진실'을 말하는 자유를 얻으라."
대신, 어떤 결말이든지 끝을 봐.

B

완성 못하면 어떡해요?

A

그럼 학점이 나쁘겠지.
근데 너 이제 장학금 안 받아도 되잖아?

B

(슬쩍 웃는다)

맞아요.

두 사람 맥주를 들어 부딪힌다.
쉼 없이 맥주를 들이키는 B. B, 웃는다.

조명이 깜빡. 깜빡. 암전.

5장
고독한
케이크방 ㅣ

5주 후. 강의실, 두 사람은 한 겹의 옷을 벗었다.
둘은 B의 새로운 대본을 읽고 있다.

A

자, 캐스팅해 주시죠.

> B
>
> 선생님께서 언니 역할하고 나머지
> 역할들을 해주시면. 제가 '나나' 역할을
> 하고, 지문을 읽을게요. 근데 언니 역할
> 행동 지문은 선생님께서 읽어주세요.

A

네, 작가님.

> B
>
> 그럼 선생님은….

A

여기 작가 선생이라는 역할이 어딨어.
연극이 시작되면 나는 이 세계에 어떤 권한도 없는 거야.
여기, 작가가 있고, 작품이 있고. 나는, 관객이지. 뭐,
일단은 배우이기도 하네.

> B
>
> 시작할까요?

A

'고독한 케이크방'

B

등장인물.
언니.
나나.
진행자.

시공간.
현재. 허름하고 좁은 오래된 빌라,
몇 개의 허름한 가구가 있다. 이 가구들은
언니의 등장 통로이자 입구가 된다.

프롤로그.

공연이 시작되기 전, 무대 전면에는
케이크가 부서지는 ASMR 영상이
재생된다. 영상이 끝날 무렵, 채널의
로고가 구석에 나타난다.
'고독한 케이크방'.

암전.

1장.
저녁. 나나의 빌라. 나나는 유튜브 촬영
준비를 하고, 준비물 체크리스트를
확인한다.

나나

턴테이블, 케이크 보드, 케이크 시트, 밀대, 버터 크림,
브러시, 시럽, 전분 가루, 스패출러, 슈가 페이스트….

쉐이퍼. 더스팅 파우더, 색소. 뭐가 빠진 거 같은데.
뭐지? 다 있는 거 같은데. 턴테이블, 케이크 보드,
다 있는 거 같은데….

A

테이블 아래에서 언니의 한숨 소리가 들린다.

나나

턴테이블, 케이크 보드,
케이크 시트…

A

언니가 테이블 아래에서 기어 나와 요가를 시작한다.

나나

턴테이블.

언니

잼.

나나

아. 라즈베리 잼.

B

나나가 잼을 챙겨오고, 다시 리스트를
점검한다.

A

언니는 계속 요가를 하고 있다.

혀를 빼고 사자 자세를 취한다.

> **언니**
> 에 –

> B
> 선생님, 이거 (혀를 길게 내민다)
> 이렇게 내밀고 내는 소리예요. 에- 에-

A
내가 진짜 배우는 아니잖아?

> B
> 지금 작가의 선생님 아니잖아요.

A
…알았어. (혀 내민다)

> **나나**
> 나 이제 촬영해야 하니까 소리 좀 내지 말아줄래?

> **언니**
> 에-에-에-

> **나나**
> 나 이제 촬영 시작해야 한다고.

> **언니**
> 어차피 소리 녹음 안 되잖아.

나나

집중이 안 되잖아! 집중이!

언니

…남들은 백색소음 좋다고 카페 가서 일한다는데.

나나

그게 무슨 백색소음이야.

A

언니, 다시 요가 자세를 취한다.

나나

집에 안 가?

나나

너 맨날 왜 여기서 죽치고 있어.

언니

너? 너어? 너 자꾸 너라고 할래?

나나

좀 가 이제. 나 일 좀 하게.

언니

일은 정기적으로 돈이 들어오는 게 일이야.

나나

광고비 들어와. 들어온다고.

언니

병아리 눈곱만큼? 제대로 된 일을 좀 해. 그래야
제대로 된 남자도 만날 거 아니야.

나나

진심이야?

언니

참, 너 달력에 동그라미. 그거 외삼촌 생신 아니야?
전화 드렸어?

나나

남의 집안일에 신경 끄시지.

언니

나 아니면 누가 너한테 이런 얘기를 하니,
다 사람 되라고 내가/

나나

사람 되라고?

　　　　　　　B
　　　　　천둥 번개 친다. 나나는
　　　　　미동도 하지 않는다.

A

언니, 귀를 막고 웅크린다.

B

나나, 언니를 내려다본다.

B가 책상을 두드려 '현관문 두드리는 소리'를 만들어낸다.

B

나나, 소스라치게 놀란다.

언니
누구세요?

나나
(낮추며) 조용히 해!

언니
나가봐.

나나
조용히 하라구.

언니
택배인가?

나나
택배는 다 왔어. 전도사님이신가?

언니
너 요새 교회 안 나온다고 온 거 아니야?

B

문구멍으로 내다보려고 하자
나나가 막는다.

A

언니가 나나를 밀고 본다.

언니

남자네.

B

나나가 문구멍으로 내다본다.

나나

(속삭이며) 조용히 좀 하라고.
지난달에 수도 공사 다 끝냈는데
왜 또 왔지?

언니

왜, 뭐야, 수도 공사하러 왔던 사람이야?

나나

아니야.

언니

설마 속옷 도둑 아닐까?

나나

속옷 도둑?

언니

집집마다 안내문 왔잖아. 경비실에서 방송도 하고.
낯선 사람 보거나 창틀 망가졌으면 연락하라고.

나나

아닐 거야. 아는 얼굴이야.

언니

니가 아는 남자가 있어?

나나

아랫집 남자.

언니

또 물 샜나?

나나

아닐 걸. 왜 왔지?

언니

여자만 사는 거 알고 왔구만. 그러게 동묘앞 가서
남자 신발 좀 사다 놓으라니깐.

나나

어쩌지.

A

언니, 밖을 다시 본다.

나나
왜, 뭐 보여?

언니
떡 들고 왔는데? 너, 열어줄 거야?

나나
(본다) 어떡하지?

언니
열지 마.

B

부시럭대는 소리. 나나와 언니,
얼음이 된다. 계단 내려가는 소리.
아랫집 문이 닫히는 소리. 나나가 문을
빼꼼히 열어 문밖에 걸린 봉투를 들고
들어온다. 시루떡과 메모가 들어있다.

언니
보지 마, 뭐가 써졌을 줄 알고.

B
나나, 메모를 펼쳐 본다.

나나
덕분에 이제 물 안 새고, 도배도 새로 해서 새 집에
사는 기분입니다. 그게 뭐 나나 씨 탓인가요. 마음 쓰지
마세요. 이놈의 빌라가 오래된 탓이죠. 새로 이사 왔다고
생각하고 인사하면서 잘 지냈으면 좋겠습니다.

언니
음?

B
갑자기 깔깔대는 두 사람.

언니
굼벵이도 재주가 있다더니. (깔깔댄다)

언니
어떻게 너를. (깔깔댄다)

나나
(언니를 보며 웃지 않게 된다) 그러게, 나를.
아…. (머리를 감싼다)

언니
괜찮아?

나나

머리 아파.

언니

편두통 도진 건가? 두 알은 먹어야 할 것 같아.
너 얼굴이 너무 안좋아.
여기, 약 먹어.

나나

그래? (받아서 약을 먹는다)

언니

만날 생각은 아니지?

나나

뭐?

언니

왜, 새로 이사 왔다고 생각하고 인사하면서,

나나

그만 좀 비웃어.

언니

너 비웃은 거 아냐. 그 남자 때문에 웃었어.
너무 웃기잖아. 뻔하게 수작 부리는 게.
수더분한 척, 좋은 남자인 척.

A

언니가 나나를 안는다.

> B
>
> 나나, 밀어낸다. 노트북을 켠다.
> 로그인하는 소리.

언니

너도 라이브 방송 같은 거 해.

언니

너 혼자 언제까지 이러구 있게.
그 긴 가방끈으로 편하게 일하면 좀 좋아?

나나

그렇게 돈방석에 관심 있는 사람이 왜 경찰이 됐을까.

언니

뭐. 이건 좀 더 숭고한 거지. 일종의 가업이니까.

나나

(기가 막혀) 숭고?

언니

그냥 자기만족 할 거 아니면 제대로 된 상품으로
만들어야 하지 않냐, 이거야.
좀 더 상업적으로, 동물을 키운다든지.

나나

언니 제발! 나 이거 오늘 안에 올려야 돼.

언니

실컷 만들고 왜 다 부셔? 돈 아깝게. 먹지도 않고.

나나

나 이거 부수는 걸로 유명해졌거든?
사람들이 이런 거 부술 때 얼마나 통쾌해하는지 알아?
(버럭) 그렇게 부서지는 거 볼 때 얼마나
속 시원해하는지 아냐고!

언니

왜 나한테 그래. 아까워서 그래. 사람들이
왜 그런 걸 좋아하나 몰라. 무슨 놈의 변태들이
왜 그렇게 드글드글해.

나나

(사이) 사람들은, 깨끗하고 공들인 것일수록
망가뜨리는 걸 더 좋아해. 다들 속에 그렇게 뭔가
부수고 싶은 마음이 있나 봐. 그치?

            B

            나나, 언니를 바라본다.

A

언니, 조용히 옷장으로 들어간다. '옷장'?

            B

            네.

A, 고개를 갸웃한다.

A

네.

　　　　　B

　　　　　메일 도착음. 나나, 메일을 확인한다.

　　언니

　　나 들어간다.

　　언니

　　잘 만들고 예쁘게 부숴.

　　언니

　　대답 좀 하지, 못됐어.

A

언니, 꾸물거리며 밖으로 나온다.
모니터를 보는 나나의 표정이 굳었다.

　　언니

　　뭐 왔어?

　　　　　B

　　　　　나나의 주먹 쥔 손에 힘이 가득 들어가서

덜덜 떨린다.

A

언니가 나나를 향해 약을 들고 뛰어온다.

언니

왜 그래. 또 머리 아파?

나나

너…. 결혼하나 봐.

A

언니, 뛰어와 모니터 화면에 집중한다.
나나를 본다. 빗소리. 암전.

> B
>
> 2장.
> 며칠 뒤, 나나의 집. 나나, 우산을 들고
> 남자 옷 몇 벌을 안고 들어온다.

언니

웬 거야? 주워왔어?

나나

어? 어…. 나간 김에.

언니

아니, 그 우산 말이야.

니가 잃어버린 거랑 똑같이 생겼네.

어디서 났어?

나나

어? 어, 그게….

언니

수상해.

나나

그게, 아랫집 남자가.

언니

응?

나나

아니, 얼마 전에 아파트 현관 앞에서 우연히 만나서

내가 우산을 빌려줬는데.

A

언니, 나나를 갸웃거리며 쳐다본다.

       B

       나나가 습도를 체크하고,

       컵케이크를 내온다.

나나

아니, 나는 들어오는 길이었고 그 사람은
나가는 길이었….

언니

너 그 우연히를 믿어?
위에서 너 나오는 거 쳐다보다가 나온 거 아니야?
스토커 아니야?

나나

그만해. 우산 돌려받았고, 이제 볼 일 없어.

　　　　B

　　　나나는 컵케이크를 포장한다.

언니

아니. 이제 시작이겠지.

나나

언니, 내가 다른 사람들이랑 잘 지냈으면 좋겠다고
하지 않았어?

언니

내 말은 좀 더 정상적인 사람들 말이야. 이런 집들 말고,
그런 상담센터에서 만나는 사람들 말고. 특히 그 모임
같은 건 더더욱 안 돼!

나나

그렇게 말하지 마. 나도 '이런' 집에 살고 '그런' 센터
다니는 사람이야. 나도 '그 모임'에 나가는 사람이고!

언니

아니야, 너는 그냥 운이 좋지 않았던 거야. 너는 달라.
알잖아? 너는, 특별한 거야!

A

언니, 나나의 뺨을 쓰다듬으려고 한다.

나나

그렇다고 해도, 너는 그렇게 말하면 안 되지.

　　　　B

　　　나나, 언니를 밀어낸다.
　　　컵케이크를 종이 가방 안에 넣는다.

언니

꼭 내가 전부 다 그렇게 만든 것처럼 얘기한다?

나나

'특별하게' 만들어줘서 고마워. '그런' 상담받으러
다니게 해줘서 고마워. '그 모임 들어갈 자격'
만들어줘서 고마워.

나나

(컵케이크 보고) 컵케이크 하나 남겨 놔?

언니

나 놀리는 거 재밌나 봐? (보다가) 주문 들어온 거야?

나나

아니.

           B

나나, 가방과 컵케이크를 챙긴다.

언니

배달 가게?

나나

몰라도 돼.

언니

야, 너 또 그 모임 가지? 간식까지 갖다 바쳐?

나나

…귀신이네.

언니

그럼 귀신이지.

A

귀신….

나나

결혼 준비나 하러 가.

언니

그쪽에서 알아서 결혼 준비 잘 하고 있겠지.

나나

결혼하고서도 여기 들러붙어 있을 거야?

언니

그럼?

B가 책상을 두드려 '현관문 두드리는 소리'를 만들어낸다.

나나

가요!

언니

뭐야? 누구야?

나나

아랫집 남자.

언니

너 지금 뭐 하는 거야?

나나

다녀올게.

언니

걔도 '그 모임'이야?

                          B

            나나, 나가려 한다.

A

언니, 막는다.

언니

대답해. 그냥 상담센터 다니는 거랑은 또 달라.
확실히 대답해.

나나

뭘.

언니

걔도 '그 모임'이야? 걔도 그런 일 겪었다는 거야?

언니

대답해!

나나

…어.

언니

어디서?!

나나

(쏘아본다) 군대에서. 됐어?

언니

너 못 나가.

언니

너 혹시 그동안 거짓말한 거야? 그놈이랑 밖에서 시시덕대느라 자꾸 밖으로 싸돌았어?

나나

그런 적 없어!

언니

나한테 말하지 않았잖아.

나나

모든 걸 다 말해야 돼?

언니

그럼?

나나

그 사람 착한 사람이야.

언니

착하다 나쁘다가 아니야, 그런 일을 한 번 겪으면

어떻게 되는지 알잖아? 문제다 진짜. 그 망할 놈의
상담센터. 내가 가지 말랬지. 거기 가봤자
달라지는 거 없다니까.

나나

어쩌라구. 나가서 누구든지 좀 만나라며. 지겹다며.
내가 얼마나 멀쩡한 사람인지 사람들 앞에 보여줘야
한다며!

언니

그 재수 없는 센터장이 너에 대해서 아는 게 뭐야.
그냥 책에 나와 있는 말 그냥 줄줄 읽는 거잖아.
사람들이랑 '불행 자랑대회'하는 게 재밌었어?
그 남자도 자기 얘기했어? 너는 그걸 듣고도 이러는
거야? 너도 의미 없다고 생각해서 이제 가지 않기로
했잖아. 너한테 잘 맞는 약을 찾아줄 의사가 있을 거야.
내일 아침에 병원부터 가자. 응? 너한테 필요한 건
상담이 아니야! 약을 늘려달라고 하자. 응?

B가 책상을 두드려 '현관문 두드리는 소리'를 만들어낸다.

나나

나가요.

언니

가지 마.

B가 책상을 두드려 '현관문 두드리는 소리'를 만들어낸다.

나나

(날카롭게) 나간다구요!

언니

왜 갑자기 다시 그 상담센터에 나가는 거야?
남자가 고팠어?

나나

정말 몰라서 묻는 거야?

언니

나랑 같이 있는 거 싫어?

나나

니 결혼식 갈 거야. 그리고 그 전에 니 신랑이 주문한
케이크 내가 직접 배달할 거야. 너 프러포즈 받아야
하잖아.

언니

그러고 나면 내가 없어질 것 같아?

나나

…나 도와준다며.

언니

내가 없어지면 누가 너한테 사실을 말해줄까? 그 남자?

그 모임에 나가고 있는데 멀쩡하길 기대할 수는 없지.
너를 어떻게 케어할 수 있겠어? 어?
자기 하나 감당할 수 있겠어?

나나
사람은 누가 누굴 감당하려고 태어난 게 아니야!

언니
누가 그래.

나나
그 사람이.

언니
하.

나나
난 케어를 원하는 게 아니야. 그리고, 니가 그렇게
모든 사람을 다 알고 모든 걸 다 알면 애초에
그런 일 좀 없게 하지 그랬어.

언니
너 후회할 거야. 너 한마디도 못 할 거야.

           B
           나나, 종이가방을 챙겨 들고 나간다.
           문 닫히는 소리, 쾅!

           빗소리. 암전.

B
3장.[6]
같은 날 저녁, 상담센터의 세미나실.
빈 의자 옆에 상담센터장이 있다.

센터장

자, 오늘의 이야기를 나눠봅시다.
오늘 모임을 하는 동안 우리의 삶과 경험이
다른 이들에게도 의미 있을 수 있고, 아름다운 경험이
될 수 있음을 경험하게 될 겁니다. 이제 오늘 오신
관객 중 한 분을 이 자리에 모시고 이야기를
들어보겠습니다. 바로 이 자리에서 여기 계신
배우님들이 그 상황을 연기해주실 겁니다.
자, 나오시겠어요? 이름이, 어떻게 되시나요?

B
비를 맞은 나나가 어둠 속에서
걸어 나온다.

나나

나나.

진행자

네, 나나 씨. 나나 씨 이야기의 장소는 어딘가요.

나나

집이요.

진행자

언제 있었던 일인가요?

나나

20년 전이요….

진행자

네, 그렇군요. 이제 나나 씨의 역할을 할 배우를
지정해주세요.

                    B
            나나, 허공에 누군가를 가리킨다.

진행자

네, 좋습니다. 이 사건에 또 다른 등장인물이 있습니까?

나나

사촌이요. 그 사람은 열일곱 살이에요.

진행자

둘이 있었던 일이군요. 여자인가요, 남자인가요.

진행자

나나 씨?

나나

(급하게) …나, 남자요.

진행자

사촌의 역할을 할 배우를 정해주세요.

B

나나, 보지 않고 아무 데나 허공에
손가락으로 가리킨다.

진행자

네. 여기 있는 배우분이 사촌이 될 수 있게,
설명을 좀 더 해주실 수 있나요?

나나

….

진행자

잘 생각나지 않을 수도 있죠. 뭔가 떠오르는 게 있다면
말씀해주시겠어요?

A는 B가 나나에게 몰입하고 있는 것을 느낀다.
계속 B를 살핀다.

나나

그 사촌의 방은 늘 깨끗했어요. 좋은 냄새가 났구요.
오래되고 무거운 체리색 책상. 저는 방학이라서
놀러 갔었어요. 창문에 레이스 커튼이 하얀색이었는데,
스탠드 불빛 때문에 노랗게 보였어요.

진행자

무슨 일이 있었나요?

나나

사촌은…. 궁금한 게 있다고 했어요.
둘이서만 할 말이 있다구요.

진행자

사촌은 어떤 이야기를 하려고 했던 걸까요?

나나

저한테 방문을 잠가달라고 부탁했어요.

나나

저는 문을 잠갔어요.
제가 문을 잠갔어요.

B

나나, 버티지 못하고….

B가 지문을 읽지 못한다. 잠시 기다렸다가 A가 대신 읽는다.

A

나나, 버티지 못하고 뛰어나가 버린다.

B, 버틴다. 그러나 읽을 수 없다. A가 계속 읽는다.

A

4장.
천둥소리. 몇 시간 후, 밤. 나나의 빌라.
우산도, 가방도 없이 빈손으로 젖은 채 돌아온 나나.
언니, 나나를 끌어안는다.

　　　언니

　　　아무도 우릴 이해 못 해. 아무도.

A

나나가 미끄러지듯이 주저앉는다.
언니, 담요를 들고 다가와 나나를 감싸고 안아준다.
따뜻한 차와 약을 들고나온다. 수건으로 정성껏
머리를 닦아준다.

　　　언니

　　　이제 겨우 이만큼 지내는 데 익숙해졌는데, 왜 이렇게
　　　욕심을 내. 내가 그렇게 없어져 버렸으면 좋겠어?

A

나나, 고개를 젓는다.
언니가 나나를 끌어안는다.

언니

다 자기만큼의 그릇이 있는 거야. 그냥 인정해. 응?
그냥 나를 받아들여. 그냥 이렇게 살자. 너 아프면
내가 약 챙겨주고, 내가 니 옆에 꼭 붙어서 아무도 너
못 보게 아무것도 안 들리게 해줄게.

나나

결혼식 갈 거야.

언니

그렇게 비련의 여주인공이 되고 싶어?
그냥 가지 마, 다 잊어버려. 너 이만큼 오는데도 진짜
오래 걸렸어.

> B
>
> 나나, 안에서 슈가 페이스트로 만든
> 신랑·신부 인형을 꺼내온다.

나나

니 신랑 될 사람이 말야. 청첩장이랑, 커플 사진을
보냈더라구. "이제 곧 결혼을 하는데 프러포즈를
못 했어요…."

언니

그 메일 내가 지워버리라고 했잖아. 그거 주문
안 받는다고 하라니까!

나나
그 사진을 보니까…. 분명히 맞는데,
누군지 모르겠는 거야. 그 신부가, 니가 맞는데
니가 아닌 거야…. 다른 사람 같은 거야.

       B
       나나, 신부 인형을 들어 언니에게 내민다.

나나
내가 알던 얼굴도 아니야. 옛날에 나한테
그런 짓 했던 얼굴도 아니구.

       B
       나나, 인형의 허리를 잡는다. 손에 꽉 쥔다.
       인형이 부서진다.

나나
너는 누구야? 왜 우리 집에 왔어?

언니
문이 열려있었어. 너는 울고 있었고. 이렇게 될
일이었어.

B가 책상을 두드려 '현관문 두드리는 소리'를 만들어낸다.

나나

아랫집 남자야.

언니

열 거니?

B가 책상을 두드려 '현관문 두드리는 소리'를 만들어낸다.

언니

열 거야?

조명이 깜빡인다.

6장
대리 외상

리딩 직후 강의실.
B, 숨이 약간 가쁘다. 정신이 없어 보인다.
A는 B가 아니라 대본에 집중하고 있다.

            B
        여기까지 썼어요.

A

나나와 같이 살고있는 '언니'하고, 나나에게
가해를 했던 '실제 언니'는 다른 존재네.

            B
            네.

A

'나나'라는 인물이 이 극 안에서 원하는 게 뭘까?
과거에서 벗어나고 싶은 욕망은 알겠어. 근데,
지금까지의 흐름만 봤을 때는, 이게 끝까지
반복될 것 같은데.

            B
        어쩌면요.
A

나나는 벗어나는 걸 정말로 원하는 거야?
자기가 뭘 하는지 뭘 하고 싶은지 잘 모르는 채로
허둥대고 있어. 그럼 아무 일도 안 일어나겠지.
아무것도 일어나지 않은 걸 통해서 무슨 말을 하고 싶어?

B

꼭 뭐가 일어나야 할까요?
어떤 결말이든지 상관없다고 하셨잖아요.

A

뭘 위해서 인물을 아무것도 못 하게 하고 싶어?

B

그럴 의도는 아니었는데, 제 마음이….

A

지금 니 마음에 대해서 말하자는 게 아니야.
이 인물의 마음에 대해서 말하는 거야.
니가 막고 있네, 인물을.

A는 이제야 B를 본다. 물끄러미, 살핀다.
B의 상태가 심상치 않음을 느낀다.

A

대리 외상, 그거 위험한 거야.
자꾸 그 속으로 들어가지 마.

B

글 쓰는 데 제일 중요한 거,
몰입이라고 하셨잖아요.

A

몰입하고 과몰입은 달라. 몰입하는 자기 모습에
몰입하는 건 더 위험해.

   B

어떤 글은 조절할 수 있었는데,
어떤 글은 그럴 수가 없는 거 같아요.
전에 수업 때, 선생님께서 그런
이야기하려는 진짜 이유가 뭐냐고
물어보셨잖아요.

A, B를 본다.

   B

저 옛날부터 그냥 선생님처럼 되고
싶었어요. 남자도 여자도 아닌 거 같은,
정말 강력한 뭔가요. 글을 쓰면 저도
그런 강한 존재가 될 수 있을까
싶었거든요. 제가 아닌 어떤 게 되고
싶었나봐요.

A

"나 때는", "요즘 애들" 이런 말 되게 별로거든.
그런데, 가끔 이런 게 요즘 애들 특징인가 싶은 게 있어.
왜 이렇게 자기를 특별하게 여길까. 모든 걸 다 해낼 수
있다는 착각도 문제지만 자기 불행을 제일 불행하게
여기는 것도 자의식 과잉이야. 자길 너무 비극의
주인공으로 만들지 마. 자의식 과잉에서는 진정성이
나오기 어려워.

   B

제가 쓰고 만든 이야기에 어떻게
제 진정성이 없을 수가 있어요?

A

진정성의 방향이, 인물이 아니라
글을 쓰는 나한테 몰리면,
자꾸 꾸미고 싶어지거든.
더 비극적인 나를 만들기 위해서.

생각에는 중력이 있어. 그쪽으로 자꾸 끌리게 돼.
그래서 끊어낼 수가 없지. 끊어낸다고 끊어지는 것도
아니고.

B

꼭 인물이 뭔가를 다 보여줘야만 하나요?
아무것도 할 수 없는 인물에 대해서는
쓰면 안 돼요? 인물이 성장하지 않으면
뭐 어때요, 못 견디면 뭐 어때요. 그게
그 인물의 잘못인가요, 그런 이야기가
있을 수도 있는 거잖아요. 그게 오히려
진실에 가깝지 않나요?

A

그런데 지금 너는 '사실'이 아니라 극을 쓰고 있잖아.
네가 인물을 고립시키고 있어, 고통 속에 가두고 있다고.
네 인물을 다른 사람들이 이해할 수 있게, 감정을
공유할 수 있게 하고 있지 않잖아.

B

제가요?

A

예술이 고통을 다뤄야 한다면 뭐 때문일까.
그건 한 인물의 고통에서 그치는 게 아니라,
관객한테까지 전달해야 되기 때문이야.
그래서 개인이 아니라, '우리'가 되는 경험을

하게 하려는 거야. 너는 관객이 진짜 나나를 만날 수
없도록 막고 있다고.

> B
>
> 제가 지금 여기 나오는 '언니'라는
> 말씀이세요?

A

그래.

> B
>
> 그럴 수는 없어요! 절대로.
> 그럴 순 없어요.

A

왜, 인정이 안 돼?

> B
>
> (언성 높이며)
>
> 왜냐면!

A

니가 '나나'니까?

B, 멍하니 A를 본다.

암전.

이어지는 시간과 공간. 두 사람은 오랜 토론으로 지쳐
다소 옷매무새가 흐트러져 있다. 이제 B는 모든 것을 다 들켰다고
생각해서인지 태도가 다소 달라졌다.
감출 것이 없다는 생각 때문에, 말과 감정을 걷잡을 수 없다.
강의실을 돌아다니면서 말을 쏟아내는 B.

　　　　B

　　　　선생님, 어릴 때는 그게 무슨 일인지
　　　　몰랐어요. 나이를 먹으니까
　　　　더 알겠더라고요. 이러다 미치겠구나
　　　　했는데 미치지도 않았어요.
　　　　그래서 죽을 것 같아서 글을 썼어요.
　　　　그때는 이야기 속에서 엄마를 죽였어요.
　　　　나를 지켜주지 않은 엄마를요.

　　　　그래서요, 선생님이 쓴 이야기가
　　　　저는 이해가 됐어요. 사람들은 〈아버지의
　　　　노래〉가 선생님 작품 중에서 유일한
　　　　오점이라고, 신파라고 하는데, 전 그렇게
　　　　생각 안 해요. 아버지가 죽어서 돌아온
　　　　사실을 듣고 주인공이 울잖아요. 아버지가
　　　　죽은 게 가슴 아파서가 아니에요.
　　　　아버지를 죽이지 못해서 우는 거예요.

　　A

　　그건 다-

　　　　B

　　　　은유적이지만 직접적이죠. (보다가) 제가

저한테 일어난 일을 아무한테도 말하지
않은 건, '나만 말하지 않으면' 모두가
평화롭기 때문이에요. 그리고 그땐 어머니
때문이었어요. 어쩌면 어머니가 내 편을
안 들 거라는 걸 직감적으로 알았던 거죠.
'그냥 네가 참아.' 그럴 사람이었어요.
제가 뭔가를 더 말하려고 했으면 나를
비난했겠죠. 내가 약하니까.

그런데 저 역시도 저한테 물어보게
되더라고요. "뭘 모를 때였잖아. 나 역시."

"내가 겪은 피해는 부풀려진 건 아닐까?
그때의 감각이 진짜였을까? 상상은
아닐까?" 절 항상 괴롭게 하는 게 뭔지
아세요? "내가 혹시 '사랑'했던 건 아닐까,
내가 더 원했던 건 아닐까?", "내가
'동의'했던 건 아닐까."

…내가 나한테 그런 말을 하게
되는 거예요. 그때 저 겨우
열두 살이었는데. 더러워졌다는
생각 때문에 자꾸자꾸/

A

(자르며)

잘 들어, 이건 극 속의 나나한테 한 말이야.
너한테 한 말이 아니야. 니 상처의 크기나 무게에 관해
이야기한 거 아니야.

B

변해야 한다고 하셨잖아요.
연극에서 인물은 변화해야만 하고,
선택해야만 한다고 하셨잖아요.

A

이건 심리 상담이나 예술 치료가 아니야.
이건 네 삶을 들여다보기 위한 게 아니야.

B

선생님이 치료해주길 바라지 않아요.
하지만 자기 삶을 쓸 수 있는 자유는
다 있잖아요. 예술가가 자기 삶을 글로
쓰는 건 아주 흔한 일이구요. 선생님도/

A

더 이상 내 글을 니 이야기에 끼워 맞추지 마.

B

진실을 쓰고, 변화하라고 한 건
선생님이에요.

전 지금 절 팔아서 글을 쓰고 있어요.
고발? 회복? 아니요, 다 싫어요.
제가 알게 된 건 아직 아무것도
괜찮아지지 않았다는 거예요.

A

이걸 쓰고 싶다고 했던 건 너야. 자기를 비극의
주인공으로 만드는 얘기를 쓰라고 한 적 없어.

B

화해하자는 얘기, 못 써요. 저한테는
끝난 얘기가 아니라서요. 그냥 제 상태를
쓴 거예요. 아무것도 할 수 없는 지금
제 상태요.

A

진정하고 자리에 앉아.

B

용서? 아름답겠죠, 그런데 할 수 없어요.
이해는 더더욱 못해요.
그 사람 결혼한대요, 어떻게 해요?
기다릴까요? 그 사람이 딸을 낳을 때까지?
그리고 나한테 했던 것처럼 복수할까요?
아니면 그 사람의 결혼식장을 찾아가서
뒤집어 놓을까요?

A

앉아!

B

그 사람, 경찰이 됐다구요!

A, 놀라서 B를 본다. B는 울음을 참고 있다.

B
저는 그 인간을 벌할 수 있는 방법이
없어요. 그때 그 인간도 청소년이었거든요.

전 사과 받고 싶지도 않고 그 사람 인생이
망하는 걸 보고 싶지도 않아요. 그냥
내 인생에서 사라졌으면 좋겠어요,
그냥 이 마음 이대로 있으면 안 돼요?

A
앉아. 제발.

B. 앉는다.

A
내가 악당이 된 거 같다.
니 삶을 받아 적으라고 한 적 없어.

그것과 이건 달라. 이건 허구야. 이야기야. 그렇지?
그리고, 그 사건이 너는 아니야. 그것만이 니 전부는
아니야.

B
그럼 저는 뭐예요? 그 사건은요?
그 사건을 부정할 순 없어요.
그게 저이기도 하니까요.

A

선생들이 학생한테 왜 자기 일 가지고
글 쓰지 말라고 하는지 알아?

첫 번째. 피드백을 못 받아들이기 때문이야.
써놓은 이야기 하고, 자기 자신을 구분하질 못해.
그 피드백이 자기에 대한 공격이라고 생각하거든.

두 번째. 이미 자기 속에 믿고 있는 진실이 정해져
있어서 이야기로 만들 수가 없어. 자기한테 벌어진 일이,
너무나 진실이어서 거기에 뭔가를 더하거나 빼면
옳지 않다고 생각하게 돼.[7]

이런 상황인 줄 진작 알았다면 쓰게 하지 않았을 거야.

> B
>
> 이렇게라도 말하지 않으면
> 죽을 거 같았어요.

A

그래서 니 글에 영원히 가둬버리고 싶어?
복수하고 싶어? 그게 지금 니가 하는 짓이야.

> B
>
> 저도 제가 뭘 원하는지는 모르겠어요.
> 글에 가두는 게 복수가 될까요. 저도 같이
> 박제될 텐데.

A. 깊은 한숨.

A

니가 니 현실에 잡아먹히지 않았으면 좋겠다.
차라리 이야기에 잡아먹혀. 이야기는 끝나도 인생은
안 끝나. 이야기가 위험해도 안전한 건 그런 이유야.

아예 반대로 접근해보자. 너를 인물이라고 생각해 봐.
그 인물이 뭐라고 말했으면 좋겠어? 무슨 행동을 하길
바래? 그럼 니가 원하는 걸 알 수도 있어.

B. 생각에 잠긴다.

A

그래도 그 얘길 정말로 쓰고 싶다면,
네 인생으로부터 거릴 둬. 진심으로 하는 말이야.
너 몇 주 동안 이거 쓰지 마. 다른 거 해. 책을 보든
영화를 보든 운동을 하든. 그래, 케이크를 만들든.

B
케이크….

A

손이나 몸이 바쁜 거, 집중할만한 걸 하면 좀 도움이
될 거야. 일단, 계속 과거를 생각하는 일부터 그만둬.
거기서 나와.

조명, 서서히 암전.

7장
그 사건

2주 후. 커피를 들고 나란히 강의실로 들어오는 A와 B.

A

열심히 아무 생각도 안 하고 있어?

          B

          네. 격렬하게 아무것도 안 하고 있어요.

          이거…. (내민다)

A

(받으며)

뭐야. 마카롱?

          B

          베이킹 클래스 재밌어요.

A

다행이네. (꺼내서 한 입 베어 먹고) 달다. 잘 만들었네.

          B

          설탕은, 천연방부제래요.

A

선유도에서 뚝섬까지 걷는 것보단 마카롱이 낫다.

          B

          지난주 수업 시간에 걷고 나서
          몸살 나셨죠.

A

몸살까진 아닌데, 다리 터지는 줄 알았어.

B

저도 지난주에 이틀 누워 있었어요.
제가 이런 말 하는 거 좀 그렇지만,
진짜 극한 직업이네요. 선생님이라는 건.

A

업보인지도 몰라. 나도 그렇게 선선한 학생은
아니었으니까.

B

(웃으며)

어떤 선생님한테 가장
안 '선선'했어요?

A

원로 교수님?

B

원로 교수님이 선생님의 선생님이셨어요?

A

어릴 때부터 뵀었지. 교수 되시기 전에.
나를 이 길로 끌어낸 장본인이지.

B

쌤 인생에서 최고 중요한 사람이었네요.

A

많이 존경했지.

B

SNS에서 봤는데 "좋은데 이유가 있으면
존경이고, 없으면 사랑"이래요.

A

그런 의미면 존경도 하고 사랑도 했지.
그런 시절에도, 여자애들이라고 함부로 대하거나
남자애들이라고 험하게 안 하셨어. 많이 숨겨주시고,
먹여주시고, 경찰서에서 많이 빼내 주시고.
대신, 바람을 잘 집어넣으셨어. "삶에 예술이 왜
필요한가." 맨날 데모하는 애들한테.
싹이 보인다 싶으면 어떻게든 바람을 넣어서
애들 인생을 망하게 했어. "너한테 재능이 있다."
그걸 믿고 여기까지 온 바보 같은 애들이 좀 있어.
나처럼.

                    B

                    원로 교수님 참 좋은 분이라도 들었어요.
                    어록도 많으시잖아요.

A

진짜 아버지라는 건 이런 걸까, 하고 생각했었어.

B, A를 관찰한다. A는 먼 곳을 응시하고 있다.

A

거기 계셔주시는 것만으로도 위로가 되는 존재가 있지.
그래서 그런지 교수님이 나이 드신다는 게, 마음이
안타깝달까. 아직 기억들이 다 생생한데.

                    B

                    나이 든 해리포터를 받아들이기
                    어려운 느낌인가요.

A

그럴지도 모르지.

B

근데, 오늘 왜 부르셨어요?
오늘 휴강하기로 하셨잖아요?

A

거짓말했더라?

B

제가요?

A

응.

B

제가요?!

A

작년에 죽은 그 친구랑 기숙사 룸메이트였다면서?

B

3년 전 일이에요.
친하진 않았어요.

A

블로그 이웃이던데. (B의 예전 과제물 뒷면을 내밀며)
내가 가서 보려니까 글이 하나도 안 보이더라.
친구공개던데. 너 뭘 찾고 있니.

B

그냥, 과제 땜에 검색하다가
그 블로그로 흘러 들어간 거예요.
잘못 프린트된 거라니까요.

A

학생인권위원회 면담도 갔었다며.

B

그것도 아시면, 제가 뭐라고 말했는지도
아시겠네요.

A

그것까진 못 들었어.

B

그 친구 기숙사에서 퇴실한 이유에 관해서
얘기했어요. 학기 중에 퇴실했거든요.

A

휴학해서 퇴실한 거 아니었어?

B

다른 문제가 있어서, 휴학한 거예요.
조울증 초기였어요. 환각하고 망상이 좀
심해져서. 휴학한 거예요.

A

면담 가서 그 얘길 했어?

B

네, 어쨌건 사실이니까요.
근데 그게 그렇게 이용될지는 몰랐어요.

A

어떻게 이용됐는데?

B

"그 친구가 원로 교수님 소설을 같이
쓴 거라고 주장하는 게 망상 때문이다."
"팔 다친 교수님이 불러준 대로 받아써
놓고 자기가 함께 창작한 거라고 망상에
사로잡혔다…."

A

(안도하며)

그래, 그 말이 너한테서 나온 거였구나.

B

그런데, 선생님.

제가 뭔가를 찾길 바라신 거예요, 못 찾길
바라신 거예요?

A

내가 모르는 게, 놓친 게 있는 걸까. 궁금했어.
그 학생은 내가 조교한테 부탁해서 구한 알바였고.
귀국했을 때는 모든 상황이 끝나버렸거든.
그 학생이 죽은 게 내 탓 같기도 했어.

B

그 친구 기숙사 나간 뒤로, 회복이
잘 됐어요. 그 알바하기 전엔 교내 공모전
상도 받고, 많이 좋아졌었어요. 전에 있던
증상들 거의 없어졌다는 말도 분명히

했는데, 그 말은 없어져 버렸어요. 그리고,
얼마 안 가서 그 친구가 죽었어요.
제가 그런 말 안 했더라면….

A

그렇게 따지면, 원로 교수님이 계단에서 미끄러지지
않았더라면, 그래서 손목을 다 다치지 않았더라면,
애초에 퇴직 기념 소설 마감을 미룰 수 있었더라면.

B

…그럼 누구 탓일까요.

A

혹시 다른 요인이 있었던 건 아닐까 하는 생각이
자꾸 들어.

B

죄책감을 분산시킬 만한 걸 찾으세요?

A. 본다.

B

제가 그러고 있거든요. 원로 교수님하고,
그 친구 사이에 있었던 일들은 아무도
모르잖아요.

A

교수님은 알바비를 계속 주겠다고 했어.

> B
>
> 그 친구는 알바비가 아니라,
> 원고료를 요구했죠. 공동창작으로
> 이름을 올려달라고 했으니까요.
> 타이핑 알바비를 받으면 인정받을 수
> 없잖아요.

A

….

> B
>
> 그 소설, 평소 교수님 스타일은
> 아니었어요.

A

너 그 친구를 믿니?

> B
>
> 선생님은 뭘 믿고 싶으세요?

A

넌 뭘 알고 있어?

> B
>
> 그 친구, 그때 그 일 하나에 매달려
> 있었어요. 그것 때문에 다른 알바도
> 안 했어요. 잠도 거의 안 자고
> 잘 먹지도 않는데, 온통 그 글 쓰는 일에
> 빠져있었어요. 받아쓰기만 하는 사람이
> 그럴 수 있을까요. 저는 의문이 좀 있어요.

A

의심만 가지곤 이야기할 수 없어.
잘 안자고, 안 먹어도, 에너지가 높은 거.
그거 조울증 증상 중 하나야.

B

맞아요. 하지만 몰입했을 때의 상태이기도
하잖아요.

예술이 우릴 고통으로부터 건져줄 거라는
믿음 때문에 이걸 하는 건데….

그 친구는 죽어버렸어요. 생활고가 아니라,
인정이 필요해서요.

A

죽음을 끌고 들어오면 아무것도 얘기할 수가 없어.

B

그럼 무슨 얘기를 해야
뭘 이야기할 수 있는데요!
무슨 얘길 해야
허락해주실 건데요?!

죄송해요, 너무 흥분했어요.

선생님의 이야기에서는 매번 악마들과
싸워서 부서지는 인간이 나오잖아요.
자기가 파멸해버려도 진실을 말할 수 있는
인간이요. 저는 그게 그 친구 같았어요.

선생님은 그 이야기들처럼
살 수 있으세요?

A

삶의 영역과 이야기의 영역은 달라.
삶을 허구로 끌어들이면 안 돼.
확실한 근거 없이는 함부로 판단해선 안 돼.
누군가 입으로 소설을 불러줬어. 그리고 누군가 그걸
받아 적었어. 그걸로 공동 창작자가 될 순 없는 거야.

B

모두가 미친 사람으로 그 앨 몰아갔어요.
하지만 애초에 문제가 있었다면, 추천될
학생도 아니었어요.

A

어떻게 이렇게까지 피해자인 척하려는 거야?
니가 그 친구한테 공감하는 거 이해해. 그런데 조심해야
할 게 있어. '약자들이 갖는 어떤 우월감'이라는 게
있거든. 편의적으로 그걸 이용하기도 해.
약함은 절대적인 선이 아니야.

B

…선생님, 그게 이 상황의 본질인가요?
그 친구는 세상이 무너지고, 자기가
무너지고, 어떻게 해야 할지 확신이
없었을 거예요. 계속 글을 쓸 수 있을까
두려웠을 거고요.

A

결핍이 있는 사람은, 결핍이 있는 부분을 특별하게
생각하느라고 다른 것을 볼 수 있는 여력이 없어.
그 부분이 없어도, 나 자신을 가치 있게 볼 수 있는
눈이 필요해.

B

아무도 우리를 원하지 않아도, 우리가
가진 진실을 인정해주지 않아도, 그냥
살자고 제가 그랬어요. 그 친구가…
울었어요. 그렇게는 살 수가 없다고
했어요.

A

상대에게 니가 원한 인정이나 사랑을 받지 못했다고
좌절할 필요 없어. 그냥 그걸 받아들여야 하는 거야.
그게 하나의 과정이야. 나한테 인정을 못 받았다고
네가 어떻게 되니? 아니야.

B

권력이 있는 사람은 그 인정이
어떤 의미인지 몰라요.

저도 그땐 그렇게 생각했어요.
그 친구한테 글 같은 거 안 써도 된다고
했더니 눈이요, 막 눈이요. 죽어버린 거
같았어요. 어떤 사람들은 세상에 말하기
위해서 쓰는데, 더 이상 쓸 수 없다면,
죽는 거잖아요.

A

내 눈 앞에 〈꿈 연극〉이 있네. 여기 신의 딸 아그네스가
있고. 세상의 모든 고통을 짊어진 얼굴로 서 있어.

B

그러면 선생님은 신이겠네요?

A

선 넘지 마라.

B

제가 화가 나는 건, 항상 선생님은
모든 상황으로부터 자기를 분리시키면서
말한다는 거예요. 너희 세대, 너희 때에.
그들은, 그때는.

학교 측에서는 학생을 보호하지 않았어요.
'을질'이라고 하더라고요. 경찰도
별다르지 않았어요. '에타'[8]에 의혹이
조금 올라왔는데, 경찰도 기자들처럼
'물건'이 될 만한 아이템이냐 아니냐를
따지더라고요. 성폭력, 아니면 횡령을
원했어요. 그게 아니면 관심을 주지
안 주더라고요. 명확하지 않다면서요.

A

이런 식으로는 대화할 수 없어.

B

선생님이 불편하시지 않게 불편함을
말해야 하나요?

선생님이 인정할 수 없다고 해도,
선생님이 너무 사랑하는 선생님을
부정해야 할 수도 있다면,
어떻게 하실 거예요?

A

함부로 말하지 마, 그렇게 말할 수 있는 분 아니야.

B

불편하게 해야 한다, 생각하게 해야 한다.
모든 것이 아름다울 수만은 없다.
숨겨져 있는 것을 봐야 한다.
그건 다 예술의 영역이고 허구의
영역일 뿐이에요? 현실은요? 삶은
더 잔혹하잖아요, 우리는 뭘 해야 돼요?
이야기로부터 뭘 배워요?

A

너 지금 과해. 위험한 생각이라고.

B

선생님이 찾는 건 뭔데요? 선생님이
뭔갈 찾아내고 싶은 진짜 이유요.
선생님 마음에도 위험한 질문이 있는 건
아니에요?

A

더 못 듣겠다.

A, 자리에서 일어나 가려 한다.

B

원로 교수님을 상대하려는 건,
인생 전부를 걸고 한 일이었을 거예요.
선생님들의 선생님을 대항하는
일이니까요. 영원히 글을 쓰지 못할
거라는 것까지 각오했겠죠.

A

(돌아서서)

걘 선생님 글을 훔치려고 했어. 그럼 그걸 양보해야
한다고 생각하는 거야? 선생님도 그 일로 너무 큰 상처를
받으셨어.

B

걘 죽었어요. 비밀스러운 관계의 대가는
고립이에요. 아무도 이해해주지 않고,
이해를 구할 수도 없어요. 특별하다는
착각의 대가는 커요.

A

걘 자기가 만든 세계에 빠져서/

B

그건 원로 교수님도 마찬가지예요.
어떤 문장들은 그 친구가 다듬었을 수도
있다는 것조차 거부했어요. 피해자를
탓할 수 없는 상황이 명백할 때도,
왜 그 피해자 한 사람에게만
뒤집어씌우려고 하는지 아세요?
그게, 간편하니까요. 모두가 편안하니까요.
애매할 땐 어떨까요? 더 심하겠죠.

A

너 지금 감정이입하고 있어. 너랑 관련된 모든 것에
프레임을 씌우고 있다고.

B

장례식장에서, 원로 교수님 눈동자가
흔들리지 않았어요. 미안해하지도
부끄러워하지도 않았어요. 수치심도,
죄책감도 없어요. 저 그 얼굴 알아요.
모든 걸 다 잊은 얼굴이요. 모르기로
결정한 얼굴. **자기를 그 일로부터
분리해낸 사람의 얼굴.** 전 도망쳤어요.
근데 물어보고 싶어요. 스스로 한 번도
괴로워한 적이 없는지.

A

진정해, 너한테 일어난 일을 다른 사람한테까지
연결하려고 하지 마. 너한테 그런 일을 저지른 건
나 아니야. 원로 교수님도 아니야.

B

네, 알아요. 그런데 닮았어요. 선생님이
절 다루는 방식이요. 그 사람하고요.
여긴 선생님이 시키는 대로 움직여야 하는
공간이고, 저는 선생님의 허락과 인정을
기다리고요.

A

너 지금 너무 과하다고.
난 항상 동등하게 널 보고 있었어.

B

힘이 있는 사람은 설명하지 않아요.
감춰진 걸 찾아서 입증하는 쪽은
상대적으로 약한 쪽이에요. 그러니까,
해명도 설명도 없이 함구하는 건,
분명한 폭력이죠.

A. 대답하지 않지만, B의 시선을 피하지 않고 노려본다.

B

원로 교수님 방에 심부름 갔을 때,
원로 교수님하고 선생님이 대화하시는
거 들었어요. "거기엔 내가 허락하지
않은 문장은 없었다. 거기에 내 것이 아닌
문장은 없다."

긴 사이.

B

원로 교수님께서 분명히 '허락'이라고
하셨어요. 기억하시죠.

A. 대답하지 않는다. 시선을 피한다.

B

전 이제 허락을 구하지 않을 거예요.
저한테 그런 짓을 했던 그 사람을 만나러
갈 거예요. 저한테 일어난 일을 마주할
거예요.

선생님은 아무 일도 일어나지 않길
바라시는 거죠?

조명이 깜빡, 깜빡이다 암전.

8장
고독한
케이크방 II

4주 후. 마지막 수업. 완전한 여름옷을 입은 두 사람.
서로를 낯설게 본다. B는 A의 앞에 최종 대본을 조심스럽게
내려놓는다. 조용히 자기 자리로 가서 앉는다.
서로를 보지 않는다. 긴 침묵. B가 짐을 챙겨 일어나려는데,
A가 먼저 대본을 읽기 시작한다. B가 놀라 함께 대본을 읽는다.

A

4장.
천둥소리. 몇 시간 후, 밤. 나나의 빌라.
우산도, 가방도 없이 빈손으로 젖은 채 돌아온 나나.
언니, 나나를 끌어안는다.

언니
아무도 우릴 이해 못해. 아무도.

B
나나가 미끄러지듯이 주저앉는다.

A

언니, 담요를 들고 다가와 나나를 감싸고 안아준다.
따뜻한 차와 약을 들고나온다. 수건으로 정성껏 머리를
닦아준다.

언니
왜 이렇게 욕심을 내. 내가 그렇게
없어져 버렸으면 좋겠어?

B

나나, 고개를 젓는다.

A

언니가 나나를 끌어안는다.

언니

그냥 나를 받아들여. 그냥 이렇게 살자.
내가 니 옆에 꼭 붙어서 아무도 너 못 보게 아무것도
안 들리게 해줄게.

나나

결혼식 갈 거야.

언니

그렇게 비련의 여주인공이 되고 싶어?
그냥 가지 마, 다 잊어버려.

B

나나, 안에서 슈가 페이스트로 만든
신랑·신부 인형을 꺼내온다.

나나

니 신랑 될 사람이 말야. 청첩장이랑,
커플 사진을 보냈더라구. "이제 곧 결혼을 하는데
프러포즈를 못 했어요…."

언니

그 메일 내가 지워버리라고 했잖아.
그거 주문 안 받는다고 하라니까!

나나

그 사진을 보니까…. 분명히 맞는데,
누군지 모르겠는 거야. 그 신부가, 니가 맞는데
니가 아닌 거야….

          B

    나나, 신부 인형을 들어 언니에게 내민다.

나나

내가 알던 얼굴도 아니야.
옛날에 나한테 그런 짓 했던 얼굴도 아니구.

          B

    나나, 인형의 허리를 잡는다. 손에 꽉 쥔다.
    인형이 부서진다.

나나

너는 누구야? 왜 우리 집에 왔어?

언니

문이 열려있었어. 이렇게 될 일이었어.

난 하루 종일 너만 생각해. 어떻게 해야 니가 편안할까,
안 다칠까.

나나
진짜 끔찍한 게 뭔지 알아? '진짜 언니'가 결혼하고
나서도 너는 여기서 나한테 들러붙어서 내가 웃지도
못하게 하고 누굴 만나지도 못하게 하고 내가 아무것도
못 할 거라고 하겠지.

언니
너 혼자 있을 때, 내가 옆에 있었잖아. 아무도 니 얘기
듣지 않고, 아무도 니 마음 인정해주지 않을 때,
니가 울 때, 잘 때, 누구도 너랑 있어주지 않았어.
내가 니 옆에 있었어.

나나
알아.

언니
봐, 그 남자도 안 오잖아.

나나
그 사람이 오고 안 오고의 문제가 아니야.
나 이제 그만하고 싶어.

언니
(말 자르며) 꼭 너랑 같은 일을 겪은 사람이어야 할
필요는 없어. 나는 니가 누군지 알아. 너 지금 좀
힘들어서 그러는 거야.

나나

늘 힘들었어. '그때'부터 지금까지.

언니

나나, 너는 나 없으면 진짜 혼자야.
다른 어떤 감정도 느낄 수가 없었잖아.

나나

알아.

언니

정말로 혼자가 되는 거야. 아니,
완전히 텅 비어 버리는 거야.

B가 책상을 두드려 '현관문 두드리는 소리'를 만들어낸다.

나나

아랫집 남자야.

언니

열 거니?

B가 책상을 두드려 '현관문 두드리는 소리'를 만들어낸다.

언니

열 거야?

언니

(소리를 흉내 내며) "당신 잘못이 아니에요.
나는 알아요. 우리 잘못이 아니에요."
또 속아 넘어갈 거야?
저런 대책 없는 말들이 어딨어?

                    B

          나나, 문으로 향한다.

A

언니, 나나를 잡는다.

B가 책상을 두드려 '현관문 두드리는 소리'를 만들어낸다.

나나

나 정말로 도와주고 싶다고 했잖아.

언니

응.

나나

정말 그러면, 이제 내 앞에서/

언니

(말 자르며) 그러지 마. 너 지금 진심 아니야.
우리 잘해왔잖아.

나나

제발 내 말 좀 들어봐! 너 내 말 같은 건 듣지도 않잖아.
나 말하고 싶어.

언니

내 말부터 들어봐.

나나

뭘?

언니

니가 정 그러면, 그 언니 때문에 니가 너무 못 살겠다는
거잖아. 그치? 다르다며, 그 사진 속에 얼굴, 내가
아니라며.

나나

…무슨 말 하려는 거야?

언니

내가 아니라, 그 결혼하는 언니 때문에 너무
힘든 거잖아? 너한테 그런 짓 한 것도 내가 아니라
그 언니잖아. 애초에 벌 받을 사람만 벌 받으면
되는 거야. 그치. 그러니까 내가 도와준다고.

B가 책상을 두드려 '현관문 두드리는 소리'를 만들어낸다.
조명이 깜빡인다. 계단 내려가는 발소리, 문 닫히는 소리.

언니

거봐. 포기가 너무 빨라. 너는 저 속도에 못 맞출 거야.
애초에 너한테 속도를 맞춰줄 수 있는 멀쩡한 인간 같은
거 없다니까? 그러니까.

나나

지금 대체 뭐 하자는 거야?

언니

너 지금 끝내고 싶은 거잖아. 이거밖에 없지.

A

언니, 작은 병을 하나 가져온다.

나나

이거… 어떻게 알았어?

언니

내가 너에 대해서 모르는 게 어딨어.

　　　　　　　　　　B

　　　　　나나, 병을 본다.

언니

이제 정말로 정리하고 싶은 거지?
얼마나 많이 생각했었어. 그치? 그런 거지?

진작 이랬으면 쉬웠는데. 그치?

A

언니, 약병을 나나에게 준다.

언니

케이크에 넣어.

B

빗소리.
암전.

A

5장.
이어지는 아침. 나나, 케이크를 만들고 있다.
영상을 찍는다. 나나가 페이스트 반죽을 끝내고
케이크 시트를 가져온다. 잠시 기도한다.

언니

좀 웃긴다.

나나

왜?

언니

명복을 빌어주는 거야? 케이크 먹을 사람?

나나

아니야. 케이크 만들 때마다 기도해.

언니

이건 예외여야 하는 거 아니야?

A

나나가 케이크 시트 사이에
새빨간 라즈베리 잼을 바른다.

나나

있잖아. 교회 다녀서 좋았던 게 뭔지 알아?

언니

간식 줘서? 아니면 교회오빠 때문에?

A

아이싱을 하고, 흰색 슈가 페이스트로 덮는다.

나나

괜찮은 교회오빠도 있었지. 근데, 교회에서 그랬거든.
지금 죽어도 두렵지 않아야 한다는 걸 가르쳐줬어. 언제
죽어도 상관없다는 걸 알려줬어. 종말과 함께 구원이

오는 거야.

언니

그걸 믿어?

나나

나한테 나도 모르는 죄가 있고, 그래서 고통당하는 게
당연하다고 배운 게, 나한테는 구원이었어.

A

새하얀 케이크 2개가 만들어진다.

나나

깨끗하다.

A

나나가 컵케이크 사이즈의 작은 케이크 시트 두 개를
가져온다.

언니

근데 왜 찍어? 이거 유튜브 올리려고?

나나

아니, 올릴 건 아니야. 언니한테 보낼려고. (사이)
실은 아직 결정 못했어.

언니

연습해볼까?

나나

뭘?

언니

그냥. 실제로 만나는 건 거의 10년 좀 넘지 않았어?

나나

대학교 들어가고 나서는 한 번도 안 봤으니까,
아마 그럴 걸. 니가 나 찾아온 다음부터니까.

언니

그러니까 연습해봐. 할 말 있으면.
내가 여기 앉아있을게.

나나

됐어. 이상해.

언니

생판 모르는 사람들 앞에서는 잘도 떠들었을 거면서
오랜만에 만났는데 손발 달달 떨면서 목소리 염소처럼
말할 거야? (손날로 울대를 치면서) '오랜만이야.'

나나

아우, 쫌.

언니

그러니까 연습해.

A

나나, 케이크 만들기를 멈추고, 잠시 언니를 바라본다.
언니, 자세를 고쳐 앉는다.

나나

안, 안…. (고개 숙이며) 나 못하겠어.

언니

왜 그래.

나나

머리가 너무 아파.

언니

약 줄까?

나나

아니. 안 먹을래.

언니

바보같이 그거 참는다고 괜찮아지는 거 아니야.
또 토하려고?

나나

언니가 아이를 가졌대.

언니

정말?

나나

응, 어제 엄마한테 전화 왔었어. 딸이래.

A

나나는 언니가 건네준 작은 병을 받는다.

나나

나 그때 12살이었는데. 앞으로 12년을 기다려볼까라는 생각도 했어. 12살이 된 그 애한테 찾아갈까.

A

뚜껑을 연다.

나나

나 무서워?

언니

…아니.

나나

물어보고 싶은 거 있어.

언니

나한테?

나나

아니. 언니한테.

언니

뭔데?

나나

내가 개미였냐고.

언니

개미?

나나

우리는 개미가 죽어도 사과하지 않잖아.
길을 걷다가 멈춰서 '내가 설마 걸어가다가
개미를 밟았나'하고 돌아보지 않잖아.
그냥 그런 의미였는지, 물어보고 싶어.

A

이제 나나의 테이블 위에는 똑같이 생긴 큰 케이크
두 개와 작은 샘플 케이크 두 개가 놓여있다. 큰 케이크
중 하나, 작은 케이크 중 하나에 약병의 가루를 톡톡
뿌린다.

나나

내가 이런 얘기를 했더니 어떤 상담사가 그러더라.
자기는 너무 힘들면 그런 생각을 한다고. 다른 차원에서
다른 내가 존재할 수 있다. 여기 일어나지 않은
수만 가지의 가능성이 실재가 돼서 나라는 존재가
서로 다른 우주에서 존재할 수 있다.

A

나나가 장식용 꽃잎을 한 장씩 붙인다.

나나
그 일이 일어나지 않았다.
그 일이 일어났고 복수했다.
그 일이 일어났고 복수했고 불행해졌다.
그 일이 일어났고 복수했고 행복해졌다.

뭐 그럴 수도 있지. 그런데, 내 인생은 단 한 번뿐이고,
지금 나는 내 우주 속에만 있고, 지금 내 우주 속에는
단 하나의 가능성만 있는 거잖아.

언니
그래서 니 가능성은 뭐라고 생각해?

나나
생각하고 있어. 생각할수록 불이나. 속에서.

A

케이크 위에 신부 인형을 놓는다.

나나
왜 경찰이 됐지.

A

신랑 인형을 놓는다.

나나

왜 사과하지 않지. 내가 진짜 좋아했었는데.
아직도 말할 수 없어. 어디에도. 누구한테도.
사람들은 믿지 않을 거야. 착한 사람이고,
좋은 사람이잖아. 너도 알지?

A

나나, 장식용 꽃잎으로 큰 사이즈 케이크 두 개를
똑같이 장식한다.

나나

계속 무언가를 기다린 것 같아. 그래서 나 스무 살 때,
언니가 왔을 때, 내가 기다린 게 너였나 했어.

언니

서운하네. 나 아니었어?

나나

내가 기다린 건….

A

빗소리. 조금 잦아든 소리다.

나나

장마…?

언니

응?

나나

장마 좋아.

언니

하여간 허튼소리 참 잘해. 장마가 뭐가 좋아.
습하고, 어둡고, 시도 때도 없이 우르르 쾅쾅.
이번 주가 아마 끝이라고 했는데 아쉬워서 어떡해?

나나

장마가 좋은 건, 끝이 있으니까.

A

더 이상 빗소리 들리지 않는다.

나나

끝.

A

나나, 언니 앞에 샘플 케이크 두 개를 나란히 내려놓는다.

언니

예쁘네. 웬 샘플이야? 이것도 보낼 거야?

나나

아니.

언니

…아랫집 남자 줄려구?

나나

아니.

언니

그럼?

나나

언니 거야.

언니

(짧은 사이) 내 거라구?

나나

언니 거야.

언니

정말?

나나

응.

언니

근데, 두 개네.

나나

응.

언니

그 케이크들처럼…. (보다가) 있지,
내가 언니의 얼굴을 하고 나타나지 않았으면 좋았을까?

나나

아무도 날 안 보고 있었을 때, 같이 있어줘서, 고마웠어.
근데 나는 이제 알고 싶어.

언니

뭘?

나나

오늘 하늘은 어떤 색인지, 바람은 어떻게 부는지,
나를 바라보는 사람들의 온도는 어떤지. 너를 만나러
숨 가쁘게 집에 돌아오는 거 말고, 다른 것도 필요해.

언니

어떤 케이크 가져갈지 결정했어?

나나

아직 모르겠어. 어떤 거 먹을 거야?

A

나나의 핸드폰 소리.

언니

받아.

나나

잠깐만. (받으며) 네, 괜찮아요, 말씀하세요.
어젠, 일찍 잠들었어요. 네, 걱정 끼쳐서 미안해요.
저, 지난번에 차 마시기로 한 거. 지금 케이크 배달을
가려고 하는데요. 다녀오면 같이 차 마실까요?
아니 태워다주실 필요는 없는….

A

나나, 잠시 생각한다.

나나

네. 같이 가요. 같이 가요.

언니

간다고?

나나

네.

언니

나한테?

나나

(언니를 본다) …지금요. 지금 갈 거예요.
(웃으며) 네. 내려갈게요.

A

언니, 자신 앞에 놓인 샘플 케이크 두 개를
번갈아 바라본다.

B

나나, 두 개의 큰 케이크를 포장한다.
한 상자에는 분홍 리본이, 다른 상자에는
하늘색 리본이 묶인다.

언니

왜 다 포장해?

나나

…나도 모르겠어.

B

나나, 두 개의 케이크 상자를 다 들고
나간다.

A

언니, 앞에 놓인 두 개의 샘플 케이크를 내려다본다.

B

나나, 나가다가 뒤를 돌아본다.

A

언니, 나가는 나나를 바라본다.
두 사람, 말없이 한참을 마주 본다.
언니가 자리에서 일어서려 한다.

B

나나는 돌아서서 나간다. 문이 쾅 닫히는
소리. 내려가는 나나의 구두 소리.

A

언니 다시 자리에 앉아 두 개의 샘플 케이크를
번갈아 본다. 스푼을 든다.

언니
남기면, 안 되겠네.

A

언니, 한쪽 케이크를 한입 떠서 먹으려 한다.
하지만 입에 넣기 전에 조명이 완전히 어두워진다.
어두워진다. 막.

9장
마지막
수업

A와 B, 서로를 바라본다.

A

환영에게도 케이크를 줬네? 두 개나.

            B

            네….

A

고생했어.

            B

            네….

A

수업 안 오지 않을까 생각했었어.

            B

            저도 선생님이 안 오시면 어쩌지 했어요.

A

어쨌든 마무리했네.

            B

            선생님 덕분이에요.

A

애썼어.

두 사람 사이는 멀고, 가까워질 수 없을 것 같다.
B, 큰 종이가방을 A의 테이블 앞에 올려두고
자기 자리로 와서 앉는다.

B

선물이에요, 선생님.

A, 종이 가방 안을 들여다본다.

A

케이크네.

A, 케이크를 꺼낸다. 케이크 박스에는 하얀 실크 리본이 매여
있다. A가 케이크를 본다. A를 닮은 인형 장식이 올려진
슈가 케이크다. 하얀 리본을 만져본다.

A

예쁘다.

B

다행이네요.

B, 가방을 싸서 일어난다. 서류 봉투를 손에 들고 있다.

A

같이 안 먹구?

B

이제 졸업 작품 제출 마감시간이거든요.

A

….

B

맛있게 드셨으면 좋겠어요.

B, 봉투를 든 채로 나가려 한다.
A, 케이크를 보는 얼굴이 복잡하다.
B, 나가다가 돌아서서 A를 향해.

B

원로 교수님 소설 마지막 구절
기억하세요…?

A

글쎄…?

B

제가 진짜진짜 좋아한 구절이 있거든요.
그래서 다 외워버렸어요.

B는 봉투 안에 들어있던 원로 교수 소설책과 프린트물을 꺼낸다.
B는 조심스럽게 책의 마지막 페이지를 찢어 A에게 프린트물과
함께 내민다.

B

친구 블로그에서… 같은 구절을 찾았어요.
3년 전에 쓴 글에서요.

A

너….

B, 고개를 숙여 인사하고, 강의실을 떠난다.
A는 소설과 프린트된 블로그 글을 번갈아 본다.

A

"한번 찢어져 버린 영혼은 아물지 않는다.
 그럼에도 나는 내 속에서 빛나는 작은 불빛으로
 노래할 것이다. 그 노래는 찢어진 영혼의 틈새로
 새어 나온다. 이제 그 상처는 나의 입이다."

A. 자신의 앞에 두 종이를 나란히 둔다.
A. 케이크를 잠시 바라보고, 포크를 든다.

서서히 조명이 어두워진다.

막.

부록

이 글은 학교 복도에서 A와 B가 바라보고 있던 대자보의 내용입니다.

우리를 살게 하는 것은 밥입니다.

우리는 학생입니다. 우리는 동시에 예술가입니다.

우리가 학생의 권리를 주장하면 누군가는 우리를 예술가라고 부르고, 우리가 예술가의 권리를 주장하면 우리를 학생이라고 부릅니다. 이것은 무엇보다도 우리의 노동의 위치와 가치, 의미를 정하는 것이기에 우리가 누구로 호명되는가는 우리의 예술적 성취와 생계의 문제로 직결됩니다.

여기 또 한 죽음이 있습니다. 학생 신분의 노동자와 예술가의 간극 사이에서 제대로 된 보호, 혹은 제대로 된 보상을 받을 수 없었던 죽음이었습니다. 우리에게 이 학우의 죽음이 애통한 것은 한 인간의 죽음이자 곧 우리의 현실이자 미래이기 때문입니다. 이 애도는 곧 우리에 대한 애도입니다.

계약서도 없이 이루어진 고용주와 고용인의 관계는 교수와 학생의 관계였기 때문에 문제 제기조차 쉽지 않았고, 상호간 협의가 어렵다는 이유로 최소한의 보수조차 지급하지 않은 처우가 너무도 충격적입니다. 근래 예술인의 복지를 향상시키기 위해 예술인복지재단이 발족되었으나 그 역시 생활고에 시달리던 예술가의 죽음에서 촉발된 것이었습니다. 예술인을 위한 국가적인 지원이 이루어져 가는 속에서, 이 예술가의 생활고를 가중시킨 것이 가장 가까운 곳에 있는 학교, 누구보다 가까웠을 전임교수라는 것을 우리는 어떻게 받아들여야 합니까?

석연치 않은 이유로 학생인권위와 학생회도 이 학우의 죽음에 대하여 퇴임을 앞둔 교수의 손을 들어주고 마무리되었습니다. 그 교수가 학우의 장례식 비용을 전부 내주었다는 것 역시 그 죽음을 위로할 수는 없습니다. 떠난 자는 말이 없고, 우리는 이 죽음이 마치 우리의 죽음처럼 느껴집니다.

우리는 학교가 이 사태를 맞이하여 교내에 은연중에 이루어지고 있는 학생 노동자와의 모든 창작물과 작업에 대한 계약서를 작성하도록 규정하고, 안전한 노동 환경을 조성하며, 학생회와 인사위원회에서 학생-교수 간의 계약과 이행을 모니터링하여 갑질을 방지할 수 있기를 요구합니다.

2019년 초봄, 또 한 명의 예술가를 떠나보내며
OO대 예술대학 학생 예술가 노동 착취 방지를 위한 학생TF팀

B의 극작수업 2주차 과제물

고독한 케이크방

19 / 03 / 08 / 금
극작전공
B

_____

등장인물

케이크를 만드는 사람 : 나나. 유튜버. 20대 후반 여성.
배달을 도와주는 사람 : 나나의 아랫집 남자. 20대 후반.
케이크를 받는 사람 : 나나의 사촌. 30대 초반 여성.

줄거리

어린 시절 사촌에게 성폭행을 당한 여자는 성장하여 케이크를 만들어 부수는
유튜버가 되었다. 여자의 집에는 언니를 닮은 환영이 함께 살고 있다.
어느 날, 웨딩케이크 의뢰를 받게 되는데…

나나

산딸기 필링에 너의 피를 갈아 넣어서 니 가족들 앞에서 네 장례식 때 나눠 먹는 꿈을 꾼 적도 있어. 상상 속에서 몇 번이나 연습한 적도 있었어.

아냐, 복수를 잊었던 적도 있었어, 거기에 매달려 내 인생을 보내기엔 내 인생이 너무 안타깝고 아름답고 소중한 것이라고 생각한 적도 있었어. 하지만, 네가 무너지는 모습 하나 보지 못한다면, 내 인생은 또 무슨 의미가 있는 거지?

왜 너는 멀쩡한 거야? 어떻게 그렇게 멀쩡한 얼굴로 나를 들여다볼 수 있는 거야? 내가 망가진 건 니가 나한테 손을 댄 순간이었을까, 아니면 니가 나한테 손을 뗀 순간이었을까. 그때 니가 망친 건, 내가 가진 모든 시간이야. 앞으로 펼쳐질 모든 시간을 포함해서, 너는 내 시계를 망가뜨렸어. 내 시계는 가지 않아.

잔인한 영화들을 볼 때마다 너를 생각했어. 내가 너를 그렇게 고문할 수도 있지 않을까. 근데 영화에서는 고문당하는 사람들의 얼굴만 보여줘. 이상하게 나는 그 얼굴이 내 얼굴 같았어. 아무리 상상해도 그 고통당하는 사람들의 얼굴이 니 얼굴로 변하지는 않았어. 그 모든 일은 어둠 속에서 일어났는데 왜 고통당하는 내 얼굴만 남았을까.

내 주변의 모든 사람들을 그런 마음으로 봤어. 나를 아는, 나를 모르는, 나와 가까운, 나를 아끼는, 나를 싫어하는, 나와 먼 그 모든 사람들을 언제나 불안에 떨면서 내가 누구인지 알면 어떤 일을 당했는지 알면 다 떠나버리겠지, 그러니 아무도 믿지 않을 거고 그 사람들의 모든 호의 모든 웃음, 그 모든 건 가짜야. 아무도 나를 지켜주지 않았으니까- 나를 보고 웃는, 화내는 당신들 모두 나락에나 떨어져버려, 다 불행해져버려!

나는 중요한 뭔가가 부서져 버린 것 같아. 공감이 잘 안 돼. 누구한테도. 나는. 나한테도 공감이 안 돼.

언젠가 악몽을 꿨어. 고등학생이었나, 대학생이었나. 그 공포영화 있잖아. 티비 속에서 기어 나오는. 그 영화 보고 몇 년 뒤였어. 엘리베이터에 혼자 탔는데 양옆에 있는 거울 속에 내 모습이 비쳤지. 앞을 보다가 기분이 쎄해져서 오른쪽으로 몸을 틀었어. 거울이 거울을 비추면 끝도 없이 그 안에 계속 거울 속에 거울 속에 거울 속에 거울.. 수없이 비춰지잖아. 거기에 있는 나도 끝없이 비춰지는 거지. 그런데.. 저 멀리 끝에서부터 너무 많은 내가 거울을 통과해서 엘리베이터로 기어 나오는 거야. 나는 그 끝없이 쏟아져 나오는 '나'한테 붙잡혀서 엘리베이터 바닥에 완전히 눌어붙었어. 그리고, 12층. 아파트 문이 열리고, 살았다고 생각한 순간. 나를 내려다보고 있는 건. 나-였어. 나는, 괴물이 된 걸까?

언젠가는 나를 잡아먹고 너를 잡아먹으러 가게 될까? 너를 만나서 이유를 들으려고 할까? 널 보자마자 와작와작 씹어 먹을까. 아냐, 이유를 듣는 게 먼저일까? 그런데 무서워. 니가 기억하지 않는다면, 못한다면 니가 나를 모른다면 나는 그때 어떡해? 나는.. 없어지는 거야?

괴물이 되지 않기 위해서, 너를 이해하려고 노력했어. 그래서 니가 이 세상에 있어야 하는 가치와 의미를 계속 생각했어. 너의 좋은 점, 선한 점, 뭔가 좋게 해석할만한 특징이나 기질 같은 거. 좋게 해석하려고 했어. 너를 이해하려고 했어, 내가 괴물이 되지 않으려고.

그런데 가족이랑 싸우는 사람은 괴물이 돼. 아무리 괴물이 되지 않으려고 해도. 아무도 이해해주는 사람이 없으니까 괴물이 되는 거야.

가족이랑 싸우는 건.. 평화를 깨는 일이니까. 가족은 외부의 적과 싸우느라 바빠. 성벽을 유지하느라 정신이 없어. 빚이라든지, 생활, 평판이라든지 그런 거. 그러느라고 내부의 적은 용인하질 않거든. 다른 적들이 쉽게 성벽을 넘어오지 못하게 하려고 단단한 체해야 하니까. 그래서 가족이랑 싸우는 사람은 '편'이 없어. 아무도 없어. 진짜 혼자야.

세상에 행복한 일과 불행한 일의 양은 정해져 있는 거 같아요. 이 세상 모든 사람들이 동시에 행복하고 동시에 불행할 수는 없는 것처럼. 그렇기 때문에 평생 써야 하는 각자의 불행의 양이 정해져 있는 거죠. 그건 내가 감당해야 하는 십자가랄까 그런 거예요. 내 불행이 사라지길 바란다면, 그건 내 불행을 누군가한테 떠넘기려는 거예요.

그 인간이 나한테 자기 불행을 떠넘긴 걸까요? 그러고 나서 그 사람은 행복해졌을까요? 내 진짜 불행은 그거예요. 그 사람은 아무것도 모른다는 거. 아는 것이 힘이죠. 아는 건 권력이에요. 그걸로 상대를 통제할 수 있으니까. 반대로, '무지' 말이에요. 그것도 권력이에요. 알 필요가 없는 일을 평생 알지 않아도 되는 거. 그걸 스스로, 무의식적으로 판단해도, 그대로 이루어지는 거. 무슨 말인지 알겠어요?

그 사람은 나한테 뭘 떠넘겼는지도 모르고 내가 얼마나 고통스러워했는지도 모르고 내가 얼마나.. 그 사람을 죽이고 싶어 했는지도 몰라요. 그 사람한테는 내 생각이나 느낌 같은 건 하나도 중요하지 않으니까요.

머릿속에 너무 많은 말들이 넘쳐서 어떤 말을 하고 어떤 말을 하지 않았는지 모르겠어요. 어쩌면 아무 말도 하지 않았는지도 몰라요. 또 어쩌면 다 말해버렸는지도 몰라요. 하지만 그 어떤 것도 내가 진짜 하고 싶었던 말은 아니었던 것 같아요.

죽음이 가까워 올 때마다 널 생각했어. 누군가의 탄생이 가까워 올 때마다 널 생각했어. 생각보다 쉽게 너를 만나지 않아도 되는 순간이 왔어. 고등학생이 되는 건.. 좋은 일이었어. 그리고 나는 죽지 않으려고, 널 생각하지 않았어.

용서는 어디서 시작하는 걸까? 나 자신을 놓아주고 싶어 하는 마음? 더 이상 나 자신을 갉아먹지 않으려고 하는 마음? 더 이상 성벽의 벽돌을 쌓지 않으려고 하는 마음?

나는 자유를 원해. 하지만 그 자유가 무엇인지 모르겠어. 용서할 자유. 자유로 워질 자유. 미워할 자유. 공격할 자유. 욕할 자유. 미움으로부터의 자유는 뭐지. 누군가는 말해. 용서하지 않을 거라고 그러나 미워하지는 않을 거라고. 하지만 나는 용서하고 미워하는 게 나은지 미워하지 않고 용서도 하지 않는 게 나은지 모르겠어.

모두 다 죽어버리라고 저주를 퍼붓던 날들. 긴 터널을, 숲을 지나면 정말로 거 기엔 바다가 있어? 사랑이 있어? 거기엔 멀쩡하게 느끼고 받아들이고 웃을 수 있는 내가 있어? 더 이상 나를 미워하지 않고 나에게 저주를 퍼붓지 않는 내가 거기에 있을까?

미치지 않고 죽지 않고 살아있는 나를 칭찬해줘. 잘했다고 더럽지 않다고 말해 줘. 내가 더럽지 않다고 말해줘.

꿈속에선 내가 커다란 거인이고 세상은 한눈에 다 들어오고 그래서 길 위에 있 는 너는 개미보다도 작아서 나는 너를 신경도 쓰지 않고 죽이는 거야. 너는 톡 터지는 소리도 내지 못하고 그대로 짜부라져. 너는 흔적도 남지 않아. 아니 흔 적도 남지 않는 게 아니라 너무 작은 흔적이라 나한테는 없는 것만도 못해. 보 이지 않는 것이니까. 우리는 개미가 죽어도 사과하지 않잖아. 길을 걷다가 멈 춰서 내가 혹시나 오는 길에 개미를 밟았나 돌아보지 않잖아. 그냥 그런 뜻이 었을까?

나는 그게 고통스러워. 너는 아직도, 내 옆에 있구나. 내 옆에 없는데, 내 옆에 있어. 예쁜 모습으로. 상냥한 그 얼굴로. 나는 벗어날 수 없어.

인물 관계도

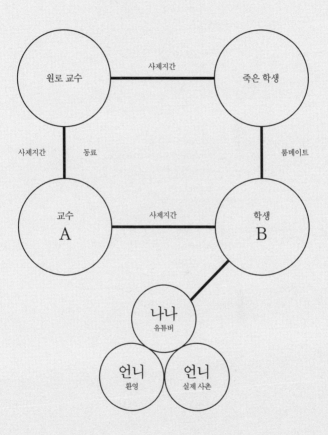

주

1

대자보 전문은 부록1에서 확인할 수 있다.

2

영화 〈배틀 로얄〉, 〈헝거 게임〉, 무라타 사야카의 소설 〈살인 출산〉 등으로부터 영감을 받아 설정된 세계관임을 밝힌다.

3

레이조스 에그리, 『희곡작법』, 청하, 1991, 35쪽 참조.

4

에밀리 디킨슨의 시 <Tell all the truth but tell it slant —>(1263)의 원문 중 일부를 가져왔다. 전문은 다음과 같다. Tell all the truth but tell it slant — / Success in Circuit lies / Too bright for our infirm Delight / The Truth's superb surprise / As Lightning to the Children eased / With explanation kind / The Truth must dazzle gradually / Or every man be blind — / 원문 출처는 https://www.poetryfoundation.org/poems/56824/tell-all-the-truth-but-tell-it-slant-1263이다.

5

A의 자전적 소설로 극중에만 존재하는 가상의 작품이다.

6

극중극 〈고독한 케이크방〉 중 3장의 플레이백 시어터 진행에 대한 내용은 『플레이백시어터의 이해』를 참조하여 작성하였다. 조나단 폭스, 『플레이백 시어터의 이해』, 연극과인간, 2018.

7

이 내용은 〈클래스〉의 드라마터그인 하워드 블래닝 교수의 한국예술종합학교 2015년 여름 극작 워크숍의 내용에서 영감을 받아 정리하고, 허락을 구하여 내용을 실었음을 밝힌다.

8

대학생 커뮤니티이자 수강관리 애플리케이션인 '에브리타임'의 약자.

이음희곡선

이음희곡선
클래스(CLASS)
ⓒ진주 2022

지은이	진주	처음 펴낸 날
펴낸이	주일우	2022년 12월 21일
편집	강지웅	
디자인	PL13	2쇄 펴낸 날
마케팅	이준희·추성욱	2024년 1월 5일

펴낸곳   이음
출판등록 제2005-000137호 (2005년 6월 27일)
주소   서울시 마포구 월드컵북로1길 52, 운복빌딩 3층
전화   02-3141-6126
팩스   02-6455-4207

전자우편
editor@eumbooks.com
홈페이지
www.eumbooks.com
인스타그램
@eum_books

ISBN 979-11-90944-68-7 04810
     978-89-93166-69-9 (세트)

값 12,000원

＊